푸른 숲, 제주입니다

푸른 숲,
제주입니다

푸른 제주를 여행하는 당신을 위한 초록 안내서

북노마드

Contents

숲을 여행하는 다섯 가지 방법

삼성혈
비자림
사려니숲
절물자연휴양림
화순곶자왈 생태탐방숲길

삼성혈

모든 제주는 여기에서 시작되었다

삼성혈

주소 제주특별자치도 제주시 삼성로 22(이도일동)
전화번호 064-722-3315
관람 시간 10~3월 8:30~17:30, 4~9월 8:30~18:30
휴관일 연중무휴, 1월 1일, 설날, 추석은 11시 개장
입장료 성인 2,500원, 청소년·군인 1,700원, 어린이·경로·장애인·국가유공자 1,000원

소요 시간 1시간 이내
난이도 ★☆☆
동행 멀지 않은 곳에서 그저 조용히 혼자 걷고 싶은 날 딱 좋다!
팁 여행이 끝날 무렵, 공항에 가기 전 시간이 애매하게 1~2시간 남을 때 가면 딱 맞다. 자료실에 전시되어 있는 모형과 전시품을 통해 제주도의 역사를 살펴보는 것도 재미있다. 어린 자녀와 함께 여행하는 가족이라면, 교육용 자료로도 좋다.

동쪽 해안에서 700번 동일주 노선을 타고 삼성혈을 향해 가는 길. 일단 동문시장에서 내려 시장을 구경하고 삼성혈로 갈 작정이다. 여러 번 와봤던 동쪽 해안이지만, 나는 여행자라는 본분을 잊지 않기 위해 이따금 창밖을 살피고, 버스가 정차할 때마다 정류장 이름을 확인한다. 길을 잃기 쉽고 당황하기도 쉬운 나는, 여행자니까. 그러나 애써 그 긴장감을 들키지 않으려 입꼬리를 살짝 올리며 창밖을 내다보는 나는, 여행자다.

잠깐 딴 생각을 했는지 졸았는지, 문득 정신을 차려보니 내려야 했던 정류장에서 이미 네다섯 정류장을 더 지나온 뒤였다. 다음 정류장에라도 내려야겠다 싶어 문 앞으로 가 선다. 아무리 태연한 척 있어도 여행자 티가 났는지, 버스 기사는 어디를 찾아가느냐고 묻는다. 동문시장이요, 하니까 내려서 길 건너편에서 100번 버스를 타라고 알려준다. 고맙습니다, 하고 내리긴 했지만 나는 청개구리 여행자다. 길도 건너지 않고, 당연히 100번 버스를 타지 않

는다. 그냥 걷기 시작한다.

실은, 네다섯 정거장이나 지나쳐왔지만 거기가 어디인지 어렴풋 느끼고 있었기 때문이었다. 사실은 언젠가 스쳐 갔던 길, 사실은 언젠가 내 다리로 걸어보았던 길. 고개를 들어 건물들의 위치를 확인하고 방향을 가늠해본다. 뚜렷한 목적 없이 길을 헤매기를 좋아하는 여행자들은 직접 걸어본 길의 풍경들을 절대 잊지 않는다. 그 길도 언젠가 제주를 여행할 때 걸어봤다는 확신이 들었다. 나는 갑자기 여행자의 탈을 벗고, 동네에 친구를 만나러 나온 여자애처럼 룰루랄라, 콧노래를 부르며 제주시 한복판을 걷기 시작한다.

"꼭 여기에 사는 사람 같잖아." 나는 혼자여서 나한테 말한다. 나는 내 모습을 바라볼 수 없어서 나를 상상한다. 길을 잃어놓고도 아닌 척 총총총 걸

음을 옮기는, 몸의 어느 근육 하나쯤은 긴장했을지 몰라도 진짜로 제주도에 사는 사람처럼 모든 마음의 긴장을 놓아버린. 그래서 '걸어봤다'는 감각만 믿고 삼성혈을 찾아내는.

이슬비가 흩뿌리는 삼성혈을 걷고 있다. '굳이 일정에 넣을 필요는 없지만 공항에 가기 전 시간이 남으면 가보라'고 소개되곤 하는 그곳. 그러나 내게는 항상 '굳이' '시간을 내어' 찾아가는 마음속 아지트. 도시 속 작은 숲, 삼성혈.

거기에 내가 제주에서 가장 좋아하는 나무 한 그루가 있다. 가을에서 겨울로 넘어갈 때면 제 주변에 향긋한 냄새를 풍기곤 하는 한 그루의 병귤나무. 그 나무 아래 서면 세상엔 온통 병귤나무 향기뿐이다. 그 나무를 만나기 위해 이슬비를 온몸으로 맞으며 삼성혈을 걷는다. 그때부턴 처음 삼성혈에 온 사람인 양 반짝이는 눈을 하고 걷는다. 아름다운 것들이 지천에 널려 있다. 정말 제주에 산다면, 힘이 들 때 기쁠 때 이곳을 찾아올 수 있을 텐데. 열매를 맺고, 열매의 색을 바꾸는 병귤나무를 계절마다 지켜봐줄 수 있을 텐데.

모든 제주는 이곳에서 시작되었다. 삼성혈은 한반도에서 가장 오랜 유적으로 제주도 사람들의 전설적인 발상지이다. 지금으로부터 약 4,300여 년 전

삼신인三神人:고을나, 양을나, 부을나이 이곳에서 용출湧出:구멍穴에서 태어남했다 하여 '삼성혈'이다. 삼신인은 수렵 생활을 하다가 다섯 가지 종자와 가축들을 싣고 벽랑국에서 건너온 삼공주와 혼인했다. 이후 한라산 오름에 올라 활을 쏘아 그 활이 꽂힌 곳에 각각 터를 잡고 농경 생활을 시작했다고 한다. 고을이 커지고 자리를 잡으면서 탐라국이 되었다. 신기하게도 삼성혈 내에 있는 구멍은 비가 오거나 눈이 와도 물이 고이거나 얼지 않는다고 하는데, 실제로 구멍 주변에서는 영험한 기운이 흘러나오는 듯하다. 계절과 날씨에 상관없이 구멍 주변에는 유독 햇살이 밝게 내리비치며, 햇살을 받아 빛나는 풀들은 삼성혈의 영험함을 더한다.

이 이야기는 삼성혈 한편에 위치한 자료실에서 상영되는 영상을 보고 알게 되었다. 여행을 할 때 굳이 그곳에 대한 배경 지식을 알아야 할 필요는 없지만, 꼭 알아야 할 것들을 알고 다시 풍경을 바라보면 모든 것이 바뀐다. 나는 삼성혈에서 제주도의 '시작'을 알게 되었고, 시작을 안다는 사실은 제주도의 어디에서든 내가 그곳을 알고 있다는 단단한 믿음을 갖게 해주었다.

많은 사람들과 이야기를 탄생시킨 삼성혈은, 그러나 참 작다. 정말 '작은 숲'이어서 전체를 돌아보는 데에 긴 시간이 걸리진 않는다. 산책하듯 걷기에 40분 정도면 충분하고 자료실에서 삼성혈을 토대로 제주도의 역사를 소개하는 영상과 전시품까지 본다면 1시간 정도를 생각하는 게 좋다. 물론 제주시내 한가운데서 퍼지는 바람 소리, 맑은 공기, 새 소리에 반한 당신이라면 삼성혈 내 곳곳에 놓여 있는 나무, 돌 의자에 앉아 더 느긋하게 쉬어가도 좋다. 맑건 이슬비가 내리건 흐리건 춥건 덥건, 외롭건 외롭지 않건, 삼성혈은 아름답다.

그러나 익숙해진 길이 있다고 해도, 좋아하는 나무가 있다고 해도 나는 결국 몸과 마음 어디쯤의 어딘가가 미묘하게 다른 여행자다. 결국엔 떠나야 하기에 삼성혈을 카메라에 담는. 내가 잠깐 잊었다. 나는 여행자였다. 그러니 나는, 서울로 돌아가야 한다. 며칠간의 일상을 다시 가방 안에 꾸역꾸역 담아 들고, 익숙한 길을 걸어 모든 것이 풀린 마음으로. 언젠가 여기 제주에 살아볼 수 있을까. 공항으로 가는 버스 안에서 나는 또 멍하니, 섬에서의 날들을 꿈꾼다.

"안집서 안집서!" 버스 기사의 말을 듣고 나는 자연스레 자리에 앉다가, 웃는다. 몇 년 전 제주에 와서 처음 버스를 탔을 때, 안집서 안집서 외치는 버스 기사의 말을 알아듣지 못하고 한참을 서서 갔던 그때의 내 모습을 상상하다가, 다시 웃는다.

비자림, 그 숨소리와 숲소리

비자림

주소 **제주특별자치도 제주시 구좌읍 비자숲길 62 비자림**
전화번호 **064-783-3857**
관람 시간 **동절기(11~3월) 09:00~17:00, 하절기(5~8월) 08:30~18:00**
휴관일 **연중무휴**
입장료 **일반 1,500원, 청소년·어린이 800원**

소요 시간 50분~1시간 20분

난이도 ★★☆

동행 길이 평탄하게 잘 정돈되어 있기 때문에 어르신을 모시고 가는 가족들에게 좋다.

팁 가볍게 산보하듯 걷고 싶으면 40~50분 정도 걸리는 짧은 길(송이길)을 추천한다. 짧은 길은 유모차와 휠체어 통행이 가능하다. 1시간~1시간 20분쯤 걸리는 긴 길(송이길+돌멩이길)도 있다. 하루 총 8회, 숲 해설(오전 9:30~11:00 사이 30분 간격. 오후 13:00~15:15 사이 45분 간격)도 들을 수 있으니 참고하자. 애완동물 동행이 불가능하며 화장실은 숲 밖에만 있다.

오후 두시 팔분. 입구에 들어선다. 빡빡한 일정 탓에 너는 조금 지친 표정을 짓지만 걷다보니 또 금세 기운이 난 듯하다. 안 좋은 공기에 너무 친숙해진 나머지 이제는 그것이 나쁜지 좋은지 도무지 분간할 수 없던 것이 이곳, 비자림의 공기에는 몸과 숨소리가 반응을 보인다. 길을 따라 걷는 내내 온힘을 다해 숨을 쉰다. 마음껏 숨을 내쉬라, 숲이 보채는 것이다. 해가 높이 떠 있을 시간에 숲으로 들어온 덕에 따가운 햇살을 피할 수 있었다. 나뭇잎 사이로 스며드는 빛이 유난히 부시다. 한껏 들이마시고 내쉬는 숨. 그 숨소리도, 숲소리도 맑은 비자림이다. 선명한 냄새가 좋다.

비자나무가 2800여 그루가 심어져 있는 이곳. 발걸음을 옮기며 비非자 모양에서 그 이름을 따온 창살 같이 길쭉한 모양의 잎을 유심히 바라본다. 끄

트머리를 조금 뜯어내어 들고 온 노트 사이에 넣어둔다. 그 모양은 어디서 본 듯 낯이 익었지만, 그 낯익은 잎들이 그렇게나 많이 한데 모여 가도 가도 끝이 없는 숲을 이루는 모습이란 생경할 뿐이다. 본격적인 숲길에 들어서기까지 입구 초입은 꼭 정원과 같다. 서서히 그 수를 늘려가며 그늘을 넓혀가는 비자나무. 곧 아주 깊숙한 숲으로 들어가게 될 테니 심호흡이라도 한번 더 해두라는 것이다. 펼쳐질 푸른빛 비자나무들을 맞을 준비를 해본다. 다시 한번, 발끝까지 들이마시고 내쉬는 숨.

'천 년의 숲'이라 불리는 비자림을 걸으며 시인 허수경의 산문집에 실린 고고학에 관한 이야기를 떠올린다. 고고학 초기 시절 고고학자들은 우리가 흔히들 유물하면 떠올리는 궁전이나 기념물, 금이나 보석을 찾는 일에 열을 올렸다고 한다. 전해 내려오는 전설을 따라 보물찾기를 하듯 너도나도 그렇게 금은보화 발굴 삼매경이었던 것이다. 시절이 바뀌고 이제 중요한 것은 옛 시절의 일상이다. 그 어떤 평범한 순간이 중요해진다. 가령 그날 그 집 식구들은 저녁으로 무엇을 먹었을까. 어떤 그릇을 썼을까, 하는 스쳐버린 이야기들. 한없이 작아 그만 지나쳐버린 이야기들. 위대한 왕의 기념비가 아닌 한 집안에서 쓰던 작은 토기의 파편이 더 소중해진 것이다. "말하자면 이름 없이 사라져간 많은 이들의 역사가 소중해진 것입니다."

몇 천 년의 시간이 비껴가기라도 한 듯, 눈앞에 놓인 오랜 시간을 애써 헐겁게 만드는 일. 두툼하게 쌓인 세월을 들추고 헤집는 일. 그것이 고고학이라 생각했다. 그런 건 도대체 얼마나 용감해야 가능한 일이란 말인가, 생각했다. 헌데 그 놀라운 일을 해내온 것이 비자림이고 이곳의 나무들이고 계곡

사이를 잇는 다리를 건너 저만치 가장자리에 서 있는 비자나무의 할아버지로 불리는 '천 년의 비자나무'인 것이다. 천 년의 세월을 고스란히 담아내고 있는 이 비자나무는 시간 앞에 용기를 내고 있다. 단단히 내린 뿌리와 두툼한 나무통. 그 위로 흔들리는 비자잎들. 그것들은 지금 세월을 당해내고 있는 것이다. 천 년의 세월을 고이 모아 림林을 이루는 것. 현재의 시간으로 지나간 시간을 꺼내는 일. 무른 시간으로 굳어버린 시간을 깨우는 일. 그것은 숲길을 걷는 이들의 몫일까 숲의 몫일까. 천 년이 쌓인 숲이 아득해진다.

두시 십칠분. 오솔길 입구가 나온다. 커다란 나무를 중심으로 길이 여럿 나 있다. 마르틴 하이데거의 『숲길』에는 이런 문장이 나온다. "수풀은 숲을 지칭하던 옛 이름이다. 숲에는 대개 풀이 무성히 자라나 더이상 걸어갈 수 없는 곳에서 갑자기 끝나버리는 길들이 있다. 그런 길들을 숲길이라고 부른다. 길들은 저마다 뿔뿔이 흩어져 있지만 같은 숲 속에 있다. 종종 하나의 길은 다른 길과 같은 것처럼 보인다. 그러나 그렇게 보일 뿐이다. 나무꾼과 산지기는 그 길들을 잘 알고 있다. 그들은 숲길을 걷는다는 것이 무엇을 뜻하는지 알고 있다." 다른 듯 닮아 있는 길들이 갈래지어 나뉘는 숲길. 그 길들은 나무들이 모여 숲을 이루듯 결국 그렇게 모두가 숲 속에 있다. 흩어진 듯 갈라져 있지만 매듭지어지지 못한 길들마저 모두 한 숲 안에 있는 것이다.

두시 사십오분. 짧은 코스인 노란 길을 따라 한 바퀴 돌고 나니 다시 입구다. 너와 이야기를 나누고 가끔 멈추어 서서 사진도 찍어가며 걸었다. 짧은 길을 돌아 나오며 시간에 대해 생각한다. 천 년의 숲, 비자나무의 일은 시간을 비껴가는 것이 아니었다. 그것은 시간을 담아내는 일, 시간과의 어우러짐

이었다. 천년을 담고 있는 비자나무의 모습에는 지나온 긴 세월이 묻어난다. 다른 어느 때보다도 녹음이 짙은 그 여름의 비자나무는 푸르고, 푸르고 한없이 푸르렀다. 이끼 낀 돌담 위로 높이 솟은 비자나무를 생각하며 길게 숨을 내쉰다, 마신다. 나의 숨소리, 비자림의 숲소리가 다시 들려온다.

천 년의 비자나무는 홀로 땅 끝을 부여잡고 있는 듯 보였지만 실은 그것이 아니었다. 돌아오는 길에 노트 사이에 꽂아둔 비자잎을 보며 생각한다. 뾰쭉한 비자나무의 창살들이 한데 모여 큰 줄기를 이루고 그 줄기가 나뭇가지로 이어지고 다시 그 잔잔한 나뭇가지들이 나무를 이룬다. 그렇게 모인 비자나무들은 8백 년을 넘게 자리를 지켜온 천 년의 비자나무에게 곁을 내어준 것이다. 서로가 서로를 지켜온 것이다. 숲은 빗물이 떨어지는 순간에도 일제히

함께 젖어든다. 시간을 달리하는 법을 모른다. 햇살이 파고드는 잎들에는 동일한 빛이 쏟아지며 이내 그 잎들은 한순간 바람에게 제 몸을 내어준다. 그 모든 과정을 함께 겪고 지켜본 세월이 이곳 비자림의 나무들의 모습에서 묻어난다.

　겨울에도 잎을 쏟아내지 않는다는 비자나무에게 계절이란 무엇일까. 그들이 견뎌온 시간을 생각한다. 계절의 흐름에도 변화를 보이지 않는 그들도 시간이 흐른다는 사실을, 여름이 가을이 되고 또 봄이 되어 싱그럽게 푸른 날들이 몇 번이고 돌아오고 지나간다는 사실을 알고 있을까. 비가 떨어지는 날에도, 햇살이 찌르는 날에도 늘 그 푸름을 지켜내는 비자림에서 나는 신기하게도 계절을 읽는다. 계절의 바람을 느낀다. 나무들은 그런 나를 보며 시간을 엿보리라. 세월을 가늠해보리라. 여름의 나와 겨울의 나를 보며 비자나무는 그렇게 계절을 읽어낼 것이다.

사려니숲길, 물길을 걷다

사려니숲

주소 **제주특별자치도 제주시 조천읍**
전화번호 **064-900-8800**
관람 시간 **하절기 16:00 이전 입장, 동절기 15:00 이전 입장**
휴관일 **연중무휴**
입장료 **무료**

소요 시간 2~3시간
난이도 ★★★
동행 혼자 걸어도 좋다. 하지만 소개하는 다른 숲들에 비해 더 본격적인(?) 숲이므로 동행자가 있으면 더 좋고, 혼자라면 안전 수칙 등을 꼭 확인하고 걷자.
팁 길게 잡으면 3~4시간은 걸리니, 시간이 없지만 꼭 숲길의 운치를 느끼고 싶다면 입구에서 천미천까지만 갔다 돌아와도 좋다.

　입구부터 시작된 붉은 빛 흙길은 한참을 이어졌다. 전날 비가 온 탓에 흙이 축축하면 어쩌나 걱정했지만 발밑의 흙은 빗물의 흔적을 지운 지 오래다. 오히려 빗기는 뿌연 공기가 되어 아주 비밀스러운 숲 속 공간을 만들어냈다. 적당한 습기와 나무 사이를 흐르는 차분한 바람. 더운 여름이다. 갑갑한 도시의 여름에 숨이 턱 차오를 때 즈음 훌쩍 도망오기 좋은 곳. 그곳이 제주이고, 제주의 숲이다. 사람의 발걸음을 반기는 푹신한 흙길과 새소리가 숲길을 따라 바람이 되어 흐르는 곳. 빗물이 느껴지지는 않았지만 숲은 습기를 충분히 먹고 있다. 그것은 도시의 답답한 습기와는 달랐다. 그 습기는 아주 낯선, 숲만의 것이었지만 결코 살갗을 괴롭히는 그런 종류의 습함이 아니었다. 그렇게 붉은 길을 따라, 습기를 머금은 숲길을 걸었다.

　그 사람이 나와 나란히 걷고 있다. 숲을 걸으며 그 사람은 나를 앞질러 가기도, 내 옆을 나란히 걷기도 했으며 때로는 저만치 멀리서 내 뒤를 따라오기도 한다. 가끔은 뒤에서 찰칵하는 소리가 들려 뒤돌아보면 사진을 찍느라 열심이다. 내 뒷모습을 담기도 하는 듯하다. 늘 앞서 걷는 사람이라 생각했는데. 사려니숲의 비밀스러운, 꼭 주술에 걸릴 것만 같은 공기는 당해낼 재간이 없나보다. 사려니는 '살안이' 혹은 '솔안이'라고 불리는데 여기에 쓰이는 '살' 혹은 '솔'은 신성한 곳 또는 신령스러운 곳을 뜻하는 말이나 산 이름에 붙인다고 한다. 그러니 사려니는 '신성한 곳'이라는 뜻이다. 저절로 걸음이 느려지는 곳. 보폭을 주춤거리게 만드는 숲길의 비밀스러운 시간.

숲은 이 시간을 기억해줄 것인가. 나와 그 사람이 함께 걷는 이 시간을. 내 몸을 감싸던 숲의 편안한 습기를 우리는 온몸으로 기억할 것이다. 나의 숨과 숲의 공기가 어우러지던 그 시간을 잊지 않을 것이다. "꿉꿉하게 습한 게 아니라 맑은 공기로 습해서 좋은 거 같아." 옆에 있던 그 사람이 내게 말한다. 나는 고개를 끄덕이며 생각한다. 열병. 한 사람이 내 몸 안에 들어왔다 나가는 것. 나는 그것을 열병이라 생각해왔다. 손톱, 피부 결, 머리칼. 온통 그 사람이 배어나는 일이다. 그러니 온몸이 타오르는 것이다. 내 몸 안에 살았으니까, 구석

구석 스친 자리뿐이니까. 숲을 기억하는 내 몸의 방식도 아마 그럴 것이다. 온몸으로 느낀 숲의 습기가 내 몸에서 배어날 것이며, 그로써 기억될 것이다. 몸으로 기억될 장소를 누군가와 걷는 일. 그것은 아스라한 일이고 아픈 일이다.

괴테의 『젊은 베르테르의 슬픔』에서 9월 10일 자 편지에 베르테르는 그가 사랑하는 여인 로테와 처음으로 만났던 장소에 대해 친구 빌헬름에게 이야기한다. 베르테르는 자신이 좋아하는 장소를 로테 역시 좋아했다는 사실을 알고 기뻐한다. 로테가 그 장소를 사랑한다는 사실만으로도 이미 그곳은 베르테르에게 "예술 작품을 그대로 옮겨온 듯한 가장 낭만적인 장소의 하나" 가 된다. "밤나무들 사이로 전망이 훤히 트인다. 내 기억에는 여기서 펼쳐지는 풍경을 빌헬름 자네한테는 여러 번 이야기했던 것 같다. 키가 큰 너도밤나무들이 마치 벽처럼 주위를 에워싸고 있으며, 연이어 관목들이 늘어서서 가로수 길은 점점 어두워지고, 마침내 길이 끝나는 곳에 다다르면 사방이 가로막힌 작은 공터가 나오는데…… 나는 이 장소가 장차 행복과 고통이 교차하는 무대가 되리라는 것을 나도 모르게 예감했던 것이다."

누군가와 장소를 나누는 일이 아픈 까닭이 그것이다. 행복과 고통이 교차하는 장소가 마음속 폐허로 남을까 하는 두려움이 늘 있기 때문이다. 시간이 흘러 공기는 바뀌고 그 장소에 그 사람과 나와의 흔적이란 남아 있지 않을 것이다. 다만 내 몸은 그곳을 늘 기억할 것이기에. 그 사람과 함께했다는 이유만으로 그곳은 끝끝내 아픈 장소가 될 것임을 잘 알기에. 숲길을 따라 저만치 앞서가는 뒷모습을 보며 내가 불안한 이유가 그것이다. 나와 그 사람을 둘러싼 숲의 생기가, 그 타오르는 생명력이 곧 나의 기쁨이고, 추억이고 또 아픔이 되리라.

입장 시간이 끝날 무렵 들어간 탓인지 스치는 사람들이 하나같이 반대 방향에서 오고 있다. 밖으로 나서려는 발걸음과 대화를 주고받는 사람들의 소리가 옆으로 스친다. 그들의 몸을 감싸는 숲의 온도는 나와 같을까. 저멀리 혼자 숲을 찾은 듯한 여학생이 보인다. 시간을 맞춰놓고 이리저리 몸짓, 손짓을 하며 사진을 찍는다. 숲을 기억하려는 모양인데, 그 모습을 숲은 기억할 것인가. 누군가는 사진을 찍고, 누군가는 글을 쓴다. 한동안 가만히 숲을 들여다보는 사람도 있다. 지긋한 두 눈으로 숲을 담아내려는 것이리라. 저마다 지금, 이 순간 숲의 냄새, 빛, 바람을 기억하려는 것이다. 무엇이든 남기고픈 마음인 것이다. 그 마음들이 지금 이 숲 속에 모여 있다.

산수국이 숲길을 따라 늘어서 있다. 제주 곳곳에서 보이던 꽃인데 그 모양이 분명 수국인 것이 너무 흔하게 보여 아니겠거니 했는데, 이제 와 푯말을 보니 '산수국'이라 또렷하게 적혀 있다. 그 사람과 산수국을 한참을 들여다보며 말한다. 남자들은 그렇게들 장미를 좋아해. 장미밖에 살 줄 몰라. 나는 수국이 좋은데. 저런 수국을 보면 숨이 트이는데 새빨간 장미다발은 무언가 숨이 턱 막히잖아, 그렇지 않아?

바람 소리, 바람 소리에도 물기가 차 있다. 저 새들의 소리에도 물이 배어난다. 신기한 일이다. 더운 여름날 이렇게 눅눅하지 않은 물기를 숲 속에서 만나다니. 안개비가 어슴푸레하게 낀 사려니숲길. 이곳에 오기 전 정방폭포의 물을 흠뻑 묻히고 달려왔거늘, 숲으로까지 그 물빛이 이어진다. 숲길, 아니 물길을 걷는 듯하다. 물기가 드리워진 숲의 그늘이 여름을 달랜다. 내 몸은 그렇게 이곳의 습기를 기억할 것이다. 완만한 흙길을 걷고 또 걸어 온몸으로 기억될 장소, 제주의 사려니숲.

절물자연휴양림

엄마, 우리 삼나무 숲길로 가자

절물자연휴양림

주소 **제주특별자치도 제주시 명림로 584**
전화번호 **064-721-7421**
관람 시간 **07:00~19:00(매표 시간)**
휴관일 **연중무휴**
입장료 **어른 1,000원, 청소년 600원, 어린이 300원**
*숙박 시설 사용료는 홈페이지(jeolmul.jejusi.go.kr/) 참고

소요 시간 1시간

난이도 ★☆☆

동행 혼자 사색하기도 좋지만, 부모님과 함께 와서 쉬면 딱 좋은 곳.

팁 포털사이트 실시간 검색어 1위에 '절물자연휴양림 예약'이 심심찮게 뜨는 곳. 이 좋은 숲을 잠깐 걷는 것으로 아쉽다면 하룻밤 묵어보자. 절물자연휴양림 안에 '숲 속의 집'이 있어 묵어갈 수 있으니 참고하자.

휴양림이라니, 거기에서 무얼 볼 수 있을까. 절물자연휴양림을 향해 가고 있으면서도 반신반의했다. 휴양을 위한 숲. 목적을 가진 숲이라니 어쩐지 마음 한구석이 뻐근하다. 그렇다면 나는 그 숲에서 '제대로 쉬었다'는 목적을 달성하고 돌아와야 하는 걸까.

그런데 막상 절물자연휴양림에 도착하니, 마음이 사르르 녹는다. 길게 이어진 삼나무 숲길. 조용히 그 길을 걷는다. 걷다보니, 어쩐지 엄마 생각이 간절하다. 이곳 절물자연휴양림에선 유독 엄마 생각이 난다. 몸속 깊은 곳까지

푸르게 물들여버릴 것 같은 짙은 녹음 때문인지, 이파리 사이사이로 비쳐 들어오는 햇빛 때문인지. 아니 잎과 햇빛 그 둘이서 힘을 합쳐 만들어놓은 검고 깊은 그림자 때문인지도 모르겠다. 그런 그늘 밑에 서면, 엄마의 무릎을 베고 누워야만 할 것 같은 기분이 드는 건 왜일까.

절물자연휴양림은 삼나무가 주를 이루는 숲이다. 입구에서부터 언덕을 따라 이어져 있는 삼나무길은 어린아이가 있는 가족이나 어르신이 있는 가족 모두에게 좋다. 이 숲의 최고의 장점은 역시나 휴양림답게 마음 놓고 쉬어갈 곳이 많다는 것이다. 바위 하나, 나무 밑둥을 빌려 잠깐 쉬는 것이 아니라 두 다

리 쭉 뻗고 오랫동안 숲을 음미할 수 있는 휴식. 삼나무 숲 사이로 여러 개의 평상이 마련되어 있다. 그 평상에 누워 오래도록 숲을 음미하고 싶은 그곳.

그 평상 중 하나에 엄마와 딸이 누워 있다. 그 모녀가 부러워 나는 열심히 엄마를 생각한다. 삼나무 숲길을 걷는 엄마, 고운 잎사귀들을 발견할 때면 사진을 찍는 엄마, 잠시 쉬어가자며 약수를 한 잔 떠 마시는 엄마, 평상 위에 몸을 누인 엄마…… 수없이 많은 모습의 엄마가 곁에서 함께 걷는다. 우리는 함께 숲을 걷는다.

엄마와 딸은 평상 위에 나란히 누워 숲으로 빠져든다. 삼나무 숲 사이에 누워, 삼나무를 생각하는 것이다. 하늘로 하늘로 곧게 뻗은 삼나무의 시간을 생각했을 것이다. 엄마는 삼나무처럼 쑥쑥 자라난 딸의 생애를, 딸은 삼나무가 처음 시작되었던 단단한 밑둥 같은 엄마의 생애를 떠올렸을지도 모른다. 어쨌거나 삼나무 숲은 제 어미를, 제 딸을 생각하게 만드는 깊고 아린 마음이었을 것이다.

그래서인지 유독 삼나무 숲의 밑둥이 자꾸 눈에 들어온다. 이 숲의 모든 것이 시작되었을 그 땅과 뿌리, 단단한 기둥을 본다. 이렇게 울창해지기까지 오랜 시간이 걸렸을 것이다. 삼나무들은 이 숲에서 수많은 풍경을 목격했을 것이다. 그의 나이테 어디쯤에 오늘 나의 모습도, 지난날 당신의 모습도 작게 새겨져 있을지 모른다. 그 삼나무 밑둥을 오래도록 본다. 거기에선 엄숙한 분위기마저 인다. 아마 나를 이 세상에 낳았던 어미였을지도 모른다. 아주 올곧은 그것, 뿌리 깊은 그것, 아름다운 그것은 나와 당신, 우리의 어미였다. 그리하여 나는 삼나무 숲에서 끊임없이 다시 태어난다.

　절물자연휴양림의 삼나무들 중에는 숫자가 쓰여 있는 나무들이 있다. 암호 같은 그 숫자들에 고개가 갸우뚱해진다. 그러다 한 나무와 눈이 마주친다. 나무는 죽음을 기다리고 있었다. 그때 나는 알아챈다. 그 번호는 베이는 순서인 듯했다. '베이길 기다리는 삼나무가 있다'고 되뇌며 걷다가 문득, 내 나이에 새겨진 번호를 가늠해본다. 나 또한 언젠가 저 삼나무처럼 베일 것이다. 내 어머니의 어머니의 어머니, 그 어머니의 어머니가 그랬듯, 우리는 언젠가 세상을 떠나갈 것이다. 어느 날 문득, 멀리서 날아온 씨앗이 싹을 틔웠듯 홀연 죽음을 맞이할 테다. 삼나무 숲에서 태어난 나는 삼나무 숲에서 다시 여러 번 죽는다. 삶도 죽음도 이렇게나 지천에 널려 있다.

　이 깊은 숲은 내게 삶도 죽음도 모두 내어 보여주었다. 그래서 절물자연휴양림은 오래도록 기억에 남는 숲이 될 것이다. 아마 내 어미의 손을 이끌고 다시 삼나무 숲길을 걸을지도 모르겠다는 생각을 해보며, 걸어간다.

나는 숲에서 처음 네 뒷모습을 보았다

화순곶자왈 생태탐방숲길

주소 **제주특별자치도 서귀포시 안덕면 화순리 2045-4**
전화번호 **없음**
관람 시간 **24시간**
휴관일 **연중무휴**
입장료 **무료**

소요 시간 30~40분
난이도 ★★☆
동행 험한 곳은 아니지만 입구에 별도의 관리센터가 없으므로 되도록 혼자 가지는 말자!
팁 화순곶자왈 생태탐방숲길에서 보는 산방산의 모습이 압권이다! 인근 유치원 아이들이 찾아
오기도 할 만큼 생태학습장으로 역할을 톡톡히 해낸다.

나는 숲에서 처음 네 뒷모습을 보았다. 그 뒷모습이 하도 생경해서 나는 한참을 제자리에 서 있었다. 아무리 기억을 더듬어보아도 네 뒷모습이 생각 나질 않았다. 잊은 게 아니었다. 나는 너의 뒷모습을 한 번도 보지 못했었다.

너는 나를 발견하면 언제나 눈을 맞추었고 이내 커다랗게 웃어 보였으며, 고민 없이 성큼성큼 다가왔다. 나는 대부분 귀를 기울였고, 너는 조잘조잘 이야기했다. 함께 있을 때면 우리는 보통 서로를 향해 마주보고 있었던 셈이다. 네가 언제나 나를 향해 먼저 성큼성큼 걸음을 내딛어주었기 때문에, 나는 한 번도 네 뒷모습을 보지 못했다. 어쩌면 늘 먼저 등을 돌렸던 것 역시 나였는지 모른다.

네 뒷모습을 본 적이 없었기 때문에 나는 너를 한 번도 본 적이 없는 것 같았다. 너의 절반을 나는 몰랐던 것이다. 너를 앞세우고 오래도록 뒤를 따라 걷고 싶어졌다. 어느 날 네가 뒤를 돌아 떠나간다면 네가 와주었던 것처럼 나도 그렇게 성큼성큼 다가갈 수 있을까? 네가 용기를 내었던 만큼 나도 용기를 내어 거리를 좁힐 수 있을까? 나는 그 뒷모습을 제대로 바라볼 수 있을까.

그때 우리는 숲에 있었다. 숲을 두려워해본 적이 없다는 점에서, 나는 한 번도 숲에 가보지 못했던 사람이었다. 검고 파란 숲 안에 직접 몸을 담지 않고 스윽스윽 스쳐갈 때, 숲은 얼마나 풍요롭고 아름답던가. 마음까지 뻥 뚫어주는 맑은 공기, 눈이 시릴 만큼 푸른 잎사귀, 멀리서 들려오는 새들의 지저귐. 숲은 언제나 상상 그 이상이다. 내가 보아왔던 숲은 환상에 가까웠다. 게다가 내가 알던 숲에는 언제나 누군가가 있었다. 일행 혹은 일행이 아닌 모르는 사람들. 한참 동안 숲길을 걷다가도 뒤를 돌아보면 문득 하나둘 멀리서 걸어오는 누군가가 보였고, 걸음이 빠른 이는 나를 앞질러 가기도 했다. 모르는 사람들이 하나둘 거닐고 있는 숲. 사람들의 숲. 내가 걸어본 숲엔 언제나 사람들이 있었고 그들을 위해 늘 정돈되어 있었다. 그런 숲이 두려울 리 없었다.

　제주도에서 처음 진짜 숲을 걸었다. 두려울 만큼 고요한 숲. 머리카락처럼 엉켜 있는 풀숲이, 살아 있는 것들의 생마저 빨아들일 것 같은 숲의 기운이 나는 두려웠다. 가지 하나하나마다, 풀잎 하나하나마다 눈이 달린 것 같았다. 한 걸음 옮길 때마다 미세하게 나를 따라 움직이는 수천 수만의 눈동자.

나는 몇 번이나 뒤를 돌아보았고, 그때마다 아무도 없는 숲에서 누군가와 눈을 마주쳤다. 거기엔 아무도 없었다. 숲을 어지럽히는 사람들도 사라지고 없었다. 아무도 없는 고요한 숲의 뒷모습이 낯설어왔다. 저만치에 앞서가는 네가 보였다. 처음 마주하는 너의 뒷모습이 나를 안심시켰다. 네가 거기에 있어서 나는 걸을 수 있었다.

화순곶자왈은 진짜, 숲이었다. 더이상 친근한 미소로 부러 사람을 반기지 않는다는 점에서 사람들이 갖는 소란스러움을 몽땅 벗어버렸다는 점에서, 그곳은 진짜 숲이었다. 나는 드디어 숲을 걸어보게 된 것이다. 별도의 주차장도 입장을 안내하는 관리인도 없다. 숲을 보는 대가로 돈을 내고 허가를 받는 일련의 과정 없이 숲에 발을 들일 수 있는 거다. 그동안 내가 갔던 숲들은 모두 입구에 관리인이 있었고 주차장이 있었고 가끔은 매점도 있었다. 그 모든 게 있었다. 사람들이 고여 있기에 딱 좋은 환경. 그것들의 '있음'으로 인해 숲이 내게 지저귀는 그 무언가를 듣지 못했을 거라고, 이전에는 상상도 하지 못했다. 이 시대의 숲은 관리되는 것, 구경을 당하는 것, 일상 저만치에 떨어져 있다가 동물원 구경 가듯 이따금 일상 속에 우겨넣는 것. 그래서 숲은 언제나 아름답고 신비롭기만 했다. 성큼성큼 다가오는 대로 숲을 보았다. 뒷모습도 보지 못한 채 나는 숲을 다 안다고 생각했다. 오해였다.

화순곶자왈을 걷는 일은 꿈 같다. 숲 안에서 살아가고 있는 수많은 생명체들이 분주하게 움직인다. 그들이 움직이면 공기도 함께 진동하고, 이파리도 물안개도 함께 흔들린다. 그들이 움직이면 숲이 살아난다. 숲은 살아 있다.

숲 사이사이에 노루가 오간다. 한참을 걷다보니 방목해두었다는 소가 보인다. 아무것도 없는, 그대로의 숲, 숲의 뒷면.

저만치 앞서간 너는 소와 소 사이에 쭈그리고 앉아 있다. 커다란 소가 겁이 나지도 않는지 성큼성큼 이미 다가가 있다. 내게 다가오는 그 걸음처럼, 망설임이 없고 두려움도 없는 걸음이다. 나는 물론 제자리다. 나는 곧잘 두려워하고, 곧잘 멈추어 선다. 그런데 저만치에 네가 있다. 네가 쭈그려 앉아 무얼 하는지 궁금해 나는 드디어 걸음을 뗀다. 성큼성큼 곁으로 간다. 너는 토끼풀을 고르고 있다. 아직 살이 통통하게 올라 있는 토끼풀 몇몇을 꺾어 내게 내민다. 그것을 단단하게 네 손목에 묶어놓고 보니, 우리는 다시 마주 보고 서 있다.

토끼풀 팔찌를 묶은 네가 숲 저편으로 걸음을 옮긴다. 이 숲에서 나는 몇 번이고 네 뒤를 따라 걸었다. 내가 보지 못했던 너를 보기 위해, 네가 지나간 길 위에 남은 발자국에 내 발을 포개기 위해. 그 뒷모습에서 나머지 반쪽의 너를 본다. 내가 가늠하지 못했던 너의 시간과 공간, 그때 그곳의 마음 같은 것들을 짐작해본다.

멀리, 산방산이 보인다. 안개 너머에 환영처럼 서려 있다.

우리 함께 걷자, 곶자왈 산책

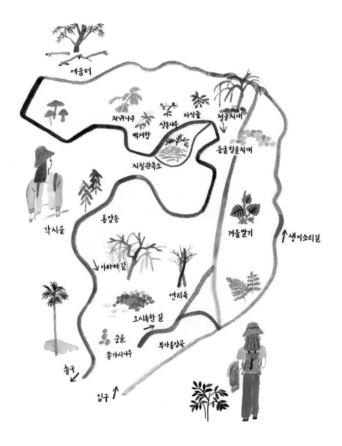

intro

곳자왈은 제주의 천연 원시림이야. 오름에서 화산이 폭발하면서 흘러나온 용암이 지표면을 덮어 형성됐지. 용암이 남긴 신비한 지형 위에서 다양한 동식물이 함께 살아가는, 여전히 독특한 생태계가 유지되고 있는 지역이야. 현재는 제주도 땅의 6퍼센트 정도가 곳자왈이야. 크게는 동쪽에 두 곳 서쪽에 두 곳이 있어, 구좌~성산 곳자왈, 조천 ~함덕 곳자왈, 애월 곳자왈, 한경~안덕 곳자왈.

우리는 서쪽 한경~안덕 곳자왈 지대의 환상숲 곳자왈을 함께 걸어볼 거야. 환상숲 곳자왈은 사시사철 푸른, 한겨울에도 푸른 숲이야. 일반적인 나무들은 가을에 낙엽이 떨어지지만, 이곳의 상록수들은 봄에 낙엽이 지지. 새 봄에 이곳을 찾아오면 폭신폭신한 낙엽이 깔린 아름다운 숲길을 걸을 수 있어. 특히 곳자왈은 여름에는 시원하고 겨울에는 따뜻해서 세계에서 유일하게 열대북방한계식물과 한대남방한계식물이 공존하는 신비한 숲이야. 제주산 양치식물을 비롯한 다양한 식물이 서식하고 있고, 삼광조나 팔색조 등 멸종 위기에 처한 동물들의 보금자리이기도 해.

곳자왈은 자연 그대로의 모습을 간직해왔기 때문에 식물학자들의 연구의 보고로, 또 '제주의 허파'로 그 가치를 새롭게 인정받고 있지만, 관광 개발로 인해 조금씩 사라져가기도 해. 곳자왈을 지키기 위한 사람들의 노력도 계속되고 있지만, 진짜 곳자왈을 지키기 위해서는 우리가 제주의 숲을 잘 알고, 사랑하고, 지켜봐야 할 거야. 진짜 마음이 가 닿을 때까지 말이야.

곳자왈은 바닥이 전부 돌로 이루어져 있어. 우리가 지금 밟고 있는 땅도 현무암으로 이루어져 있지. 여기에서 5킬로미터 떨어진 곳에 위치한 '도너

리오름' 에서 흘러온 용암인데, 이곳은 그 용암이 끝난 지점이야. 점성이 높은 용암이 끈적끈적하게 흐르다가 굳고 또 흐르다가 굳고 하면서 꼭 양파처럼 켜켜이 말려 굳었어. 여기까지만 흘러오고 멈췄기 때문에 곶자왈 바깥쪽은 농사를 지어도 좋은 땅, 안쪽은 농사도 못 짓는 몹쓸 땅이었지. 엄밀하게 말하면 곶자왈은 사람들에게는 쓸모없는 땅이었어. 불과 10여 년 전만 해도 이곳은 전부 자왈, 즉 가시덤불로 뒤덮인 땅이었어. 지금도 다른 곶자왈을 산책하다보면 들어갈 엄두가 나지 않는 가시덤불들을 볼 수 있을 거야.

돌과 돌 사이에는 구멍이 많아서 여름엔 시원한 바람이, 겨울엔 따뜻한 바람이 들고 나가. 추운 데서만 사는, 더운 데서만 사는 식물은 서로 다른 지역에서 따로 자라게 마련이지만, 이곳 곶자왈은 전 세계에서 유일하게 북방한계식물과 남방한계식물이 같이 자라는 곳이야. 돌과 나무마다 붙어 있는 동글동글하고 귀여운 식물의 이름은 '콩짜개덩굴' 이야. 돌과 돌 사이로 계절마다 시원하고 따뜻한 바람이 잘 드나드는 덕에 수분이 적절하게 유지돼서 콩짜개덩굴이 살기 좋지. 콩짜개덩굴은 수분을 좋아하거든.

저 뿌리를 좀 봐봐. 곶자왈을 걷다보면 저렇게 밖으로 나와 있는 뿌리들을 보게 될 거야. 아까 말했듯 땅이 전부 단단한 돌이라서 뿌리가 미처 아래까지 뚫고 들어가지는 못해서 그렇대. 보통의 나무뿌리들은 둥글둥글하지만, 곶자왈의 나무뿌리들은 옆구리가 평평한 편이고 위를 향하고 있어. 이러한 형태의 뿌리를 판자처럼 생겼다고 판근, 혹은 판상근이라고 해. 그런데 뿌리만 보면 엄청 오래된 나무 같은데, 막상 기둥은 가는 나무들이 많아. 이상하지. 이 곶자왈의 나무들은 서로 다른 나무처럼 보이는 나무들이 한 그루의 나무인 경우가 대부분이야. 전기가 들어오기 전까지는 이 숲에 있던 나무들을 베어다가 땔감으로 썼대. 곶자왈 주변에 마을 사람들은 숯을 구워서 팔기도 했고. 그래서 곶자왈에는 숯 가마터를 흔히 볼 수 있어. 나무를 베고 나면 햇빛이 잘 들어 가시덤불이 자라나고, 가시덤불만 많으면 사람들이 들어오지 않아. 몇 십 년 동안 나무들이 자라나면 가시덤불 위를 덮어 가시덤불들이 죽어가. 나무가 생기면 사람들은 다시 숲으로 와 나무를 베어가지. 곶이 숲, 자왈이 가시덤불, 곶과 자왈이 수없이 반복됐던 거야. 한번 나무를 베면 숨어 있던 맹아가 나와서 뿌리는 하나지만 여러 갈래로 나뉘어 자라게 돼.

이 숲 속에는 아주 다양한 종의 식물들이 함께 살아가고 있어. 용암이 묽게 흘러갔다면 지대가 평평해져 온도 습도가 일정해 그럴 일이 없었을 테지만, 여기는 점성이 높은 용암이 더디게 흐르며 굳은 곳이기 때문에 돌출지형이 많아. 그래서 지점마다 온도와 습도가 다르고 서로 다른 수종이 함께 살아갈 수 있게 된 거야.

다양한 종이 섞여서 살아가기 때문에 그만큼 햇빛을 둔 경쟁도 치열해. 저 옆에 이파리는 송악, 흔히들 아이비로 알고 있는 종이야. 아래쪽 잎은 세 갈래로 나눠진 모양인데, 위로 갈수록 잎이 둥글고 넓어. 햇빛을 더 많이 받기 위해 스스로 면적을 늘린 거야. 송악은 지금, 이 숲에서 살아남기 위해 치열하게 경쟁하고 있는 중인 거야.

이쪽으로 와봐. 누가 이렇게 덩굴을 꼬아놓았을까? 시계 반대방향으로 감아 오르는 덩굴은 칡이고, 시계 방향으로 감아 올라가는 덩굴은 등나무야. 때문에 칡과 등나무가 함께 있으면 서로 엇갈리고 부딪힐 수밖에 없고 하나가 강해지면 하나가 죽을 수밖에 없어. '갈등'이라는 말은 칡 갈葛, 등나무 등藤에서 온 말이야.

산책이 끝나가고 있어. 겨울에 다시 제주에 온다면 환상숲 곶자왈을 다시 한번 걸어봐. 겨울엔 이 꽃나무 향이 환상적이야. 향이 천리까지 간다고 하여 '천리향千里香'으로 더 유명한 백서향白瑞香이야. 이 꽃나무의 향기가 그렇게 짙은 것도, 사실 이 꽃의 생존과 큰 연관이 있어. 백서향의 꽃은 1~2월에 피는데 겨울에는 벌이 거의 없기 때문에 멀리까지 향을 퍼뜨리는 거지. 숲의 식물들은 이렇게 저마다의 생존 방식으로 살아남아. 살고 꽃 피우며 숲을 이루는 거야.

outro

　우리 함께 걸으며 보았듯, 숲의 식물들은 살아남기 위해 끊임없이 스스로를 변화시키고 다른 식물들과 경쟁해왔어. 스스로를 지키기 위해 저마다의 방어기제도 갖고, 자신을 내세울 수 있는 향도 가지면서 말이지. 그런데 그 과정에 인간이 개입하는 순간, 숲의 생태는 엉망진창이 돼. 인간이 자연에 할 수 있는 일은 아무것도 없어. 이 숲 속에는 우리가 옳거나 그르다고 판단할 수 있는 것이 없어. 우리가 매일매일 치열하게 살아남듯, 그들도 자신들만의 방식으로 살아남고 있을 뿐이지. 숲이 아름다운 건, 오늘에 가장 충실한 하나하나의 식물들이 모여 있기 때문이야. 가장 빛나는 오늘을 사는.

글 김민채 **감수** 이지영 **일러스트** 이윤희

더 자세한 해설을 만나보려면,
환상숲 곶자왈

주소 **제주시 한경면 저지리 2848-2 전화번호** 064-772-2488
홈페이지 http://jejupark.co.kr 이메일 vnqzi@naver.com
운영 시간 **동절기 9:00~17:00, 하절기 9:00~19:00**
(숲 안은 더 어두울 수 있으므로 18:00 이전까지 이용을 권장), 일요일 오전 휴무
입장료 **일반 5,000원, 어린이/단체(15인 이상) 4,000원, 제주도민 3,000원**
해설 시간 **9:00, 10:00, 11:00, 13:00, 14:00, 15:00, 16:00, 17:00** 해설 소요 시간 **50분 내외**

숲을 안다는 것에 대하여

— 숲 해설가 이지영

1 언제부터, 어떻게 숲 해설을 시작했나?

2012년 1월부터 숲 해설을 시작했다. 그 전까지는 서울에서 연구소를 다니며 자연과 농촌을 바탕으로 교육 프로그램을 개발했다. 전국을 돌아다니며 강의도 하고 컨설팅도 했는데 정작 우리 집은 신경쓰지 못한다는 생각에 휴가를 내고 부모님 집이 있는 제주도로 왔다. 그렇게 6개월, 1년…… 휴직을 연장하다가 결국은 자연의 매력에 빠져 눌러 앉게 됐다.

2 왜 '숲'이었나?

나고 자란 곳이 바로 이곳 제주도였다. 어렸을 적 상동 열매를 따먹고 산딸기도 따먹고 지네를 잡기도 했던 촌아이였다. 너무 흔하면 소중한지 모르듯 숲을 딱히 좋아하진 않았다. 그런데 고향을 떠나 살며 서울에서 빌딩 틈에 서서 손바닥만한 하늘을 보고 있으니 숲이 간절해졌다.

3 숲을 걷고, 제대로 아는 것이 중요한 이유는 무엇인가?

아는 만큼 보이는 법이다. 숲을 안다는 것이 꼭 식물의 이름이나 학명을 알아야 한다는 말은 아니다. 사람들은 식물의 이름을 알면 자신이 숲을 안다고 착각한다. 숲에 찾아오면 사람들 중 대부분이 "이 식물의 이름은 뭐예요?" 하고 묻는다. 나무 이름을 답하고 나면 더이상 궁금해하지 않는다. 사람으로 생각해보면 간단하다. 어떤 사람의 이름을 안다고 해서 그 사람에 대해 다 아는 것이 아니다. 그 사람의 성격은 어떠한지 어떠한 환경에서 자라며 생활하는지, 어떠한 사람들과 어울리며 어떠한 과거를 가지고 있는지 궁금해하고 알았을 때 그 사람을 이해할 수 있듯, 숲도 마찬가지이다. 숲을 제대로 알고 걸으면 숲과 진짜 대화를 나눌 수 있을 것이다.

4 숲을 통해 깨닫거나 얻게 된 것이 있다면?

숲을 통해 얻은 것은 정말 많다. 자연에 순응하는 삶도 알게 되었고, 서로 더불어 살아가야 한다는 점도 배웠다. 모든 자연은 자신이 살기 위해 삶의 방식을 변화시켜 나가면서도, 자연에 무언가를 되돌려주며 산다. 세상에서 가장 욕심 많고 자신이 살기 위해 다른 이들에게 피해를 입히는 생명체가 인간 뿐이라는 점이 느껴져 슬퍼지곤 한다.

5 숲은 사람들에게 어떤 영향을 미치는 공간인가?

숲의 초록색은 편안함과 안정을 주고, 피톤치드라는 물질이 우리 몸에 좋은 영향을 준다. 참 많은 이로움을 주는 공간이다. 하지만 그런 것을 떠나, 자연의 소리를 들으며 산책을 하고 스스로를 돌아보고 생각의 여유를 가질 수 있는 공간이라는 점만으로도 숲을 걷기에 충분한 이유가 된다고 생각한다.

6 숲에 해설이 필요한 까닭은?

숲은 그냥 홀로 산책할 때도 좋지만, 그 숲을 더 오랫동안 지켜봐오고 그 안의 생명을 관찰해온 이가 전달해주는 이야기를 들으면, 걷고 있는 길의 과거와 현재, 미래까지 볼 수 있다. 다른 계절과 다른 시간의 숲, 그 안에 숨겨진 이야기를 듣다보면 마치 오래전부터 그 숲에 오고갔던 이처럼 친근하게 느껴진다. 한 번쯤은 꼭 숲 해설을 들어볼 것을 추천한다.

7 숲 해설가이지만 숲이 두려웠던 적은 없나?

나는 씩씩한 촌아이였지만 이상하게 숲 자체는 참 무서웠다. 바람이 많이 부는 날의 어두컴컴한 숲이 주는 두려움. 가족이 되었든 친구가 되었든 항상 누군가와 함께 숲에 들어갔었기에 그 점을 몰랐던 것뿐이었던 거다. 2012년 제주도에 내려왔을 때야 처음 혼자서 숲에 들어가봤다. 그때 썼던 일기의 한 부분이다.

"어렸을 적 이 숲은 가시덤불로 덮여 있었다. 숲에 들어가 상동 열매라도 따 먹을라치면 낫을 든 아빠 뒤에 꼭 붙어가야만 들어갈 수 있는 곳이었다. 누군가와 함께 가는 숲은 먹을 것이 널려 있는 아름다운 공간이었지만 나 홀로 들어갈 엄두는 나지 않던 곳이었다. 귀신 같은 건 믿지 않는 나이가 되었음에도 웬일인지 숲 속을 홀로 걸을 생각은 '감히' 할 수 없었다. 아기 코끼리가 어른 코끼리가 되어서도 약한 쇠사슬을 끊고 달아나지 못하는 것처럼 말이다. 아무튼, 이번에 정말 큰 용기를 내본 것이다. 계속해서 머뭇거리다 입구에 핀 동백꽃을 보고 불쑥 들어가버렸다. 거센 바람이 응응대며 귓가를 때려도, 싸락눈이 뺨을 치고 있어도 사방에서 바스락거린다. 순식간에 어두컴컴해진다. 나무들이 반기를 들고 나를 노려보았다. 나는 여전히 숲을 무서워하는구나, 아직 나는 멀었구나. 그래도 장하다. 후다닥 달려서 한 바퀴를 돌았다."

그런데 이제는 깜깜할 때에도 별 사진을 찍겠다고 숲 속에 들어가는 사람이 되었다. 숲에 가끔 들어갈 때는 풍경이 계속 변하기에 익숙해지지가 않았지만, 매일 숲에 들어가다보니 이제는 어떤 나무가 어느 쯤에 어떻게 서 있는지까지 눈에 훤하게 그려져 전혀 무섭지 않다.

8 제주도 곶자왈만의 매력은 무엇인가?

곶자왈은 가꿔진 숲이 아니라 자연 그대로 천연 원시림이라 좋다. 사람들이 보기 좋게 다듬고 가꿔놓은 정원도 자연 그대로의 숲보다 아름답지는 못하다. 척박한 땅에서 악착같이 자란 식물들의 삶을 알면 존경스러운 마음마저 든다.

9 제주도에서 가장 좋아하는 숲은?

당연히 1순위는 환상숲이다. 절물자연휴양림, 사려니숲길, 저지오름 숲길 등 숲은 다 좋아해서 딱 꼽기는 어렵지만, 굳이 꼽자면 선선한 바람이 부는 가을날 서귀포자연휴양림 평상에 누워 있기를 좋아한다.

10 숲이 가장 아름답다고 느낄 때는 언제인가?

어떤 사람은 새벽 물안개가 올라오는 뿌연 숲을, 어떤 사람은 비가 온 다음날 햇살을 받아 반짝거리는 숲을, 어떤 사람은 눈이 쌓였음에도 푸르른 곶자왈을 좋아한다. 나는 장마철, 사람들이 뜸한 아침 곶자왈을 좋아한다. 비가 오면 모든 식물들이 오동통하게 올라와 있는 느낌이기 때문이다. 빗물에 잎이 통통 튀면 살아 있다는 사실이 더 느껴진다.

11 숲을 걷는 이들에게 해주고 싶은 이야기가 있다면?

숲을 걷고 싶다면 그 전에 당신은 '좋은 사람'인가를 먼저 생각했으면 좋겠다. 숲은 우리의 편리를 위해 존재하는 것이 아니다. 우리는 숲이 필요하지만 숲은 사람을 필요로 하지 않는다. 당신이 자연을 존중하는 사람이 되었을 때에만 숲을 걸을 수 있을 것이다.

사려니숲 식물일지

큰천남성

|

반그늘지고, 토양의 비옥도가 높은 숲 속에서 자생하는 여러해살이풀. 키는 15~20
센티미터, 잎은 15~25센티미터 정도. 작은 잎은 3장이고 넓은 난형이다. 잎의 앞
면은 광택이 많이 나는 녹색이고 뒷면은 흰빛이 돈다. 꽃은 녹색으로 안쪽은 흑자색
이고 뒤쪽은 녹색줄이 있으며, 암수딴그루로 5~7월에 핀다. 열매는 9월에 빨갛게
달린다. 큰천남성은 땅 속에 납작한 알뿌리를 가지고 있는데, 유독성의 사포닌Saponin
을 함유하고 있어 위험하므로 피하는 것이 좋다. 천남성의 독성은 피의 양을 폭발적
으로 증가시켜 장기에서 내출혈을 일으킬 만큼 독하다. 장희빈이 마셨던 사약 재료
로도 알려져 있다.

개모시풀

개모시, 팔각마, 방마, 야저마, 좀모시풀, 왜모시라고도 한다. 높이는 약 1미터로 자라고, 줄기에 무딘 능선이 있으며 짧은 털이 빽빽이 난다. 잎은 크고 마주 붙어 나며 긴 잎자루가 있다. 잎 모양은 둥글며 길이 10센티미터, 너비 12~18센티미터이다. 톱니는 가장자리가 깊게 패였으며, 위로 올라갈수록 커져서 끝이 3갈래로 갈라진다. 꽃은 암수한그루로 7~8월에 연한 녹색 꽃이 핀다. 열매는 수과로 둥글며 여러 개가 모여 달리고, 가장자리에 날개가 있으며 털로 덮여 있다. 어린 순을 나물로 먹으며, 섬유식물이지만 섬유가 약하여 잘 쓰지 않는다. 한방에서는 잎과 껍질을 당뇨, 하혈, 이뇨 등에 처방한다.

제주피막이

|

두메피막이풀이라고도 한다. 그늘진 곳에서 자란다. 줄기 전체가 땅 위를 기면서 자라고 마디에서 뿌리를 낸다. 가지는 서지 않고 땅 속에서 겨울을 지낸다. 둥글고 지름이 5~20밀리미터 정도 되는 잎이 어긋나게 달린다. 잎은 5~7갈래로 갈라지며 가장자리에 톱니가 있다. 꽃은 암수한그루로 6~9월에 흰색으로 피는데, 잎겨드랑이에서 꽃대가 나와 그 끝에 달린다. 열매는 분열과로서 납작하고 둥글며 2~4개씩 달린다. 잎은 한방이나 민간에서 지혈제로 쓴다. 우리나라 제주도에서 자라는 여러해살이풀로, 일본에도 분포한다.

세복수초

|

봄이 왔음을 가장 먼저 알리는 전령사. 2월 초순쯤 스스로 열을 발산하여 땅을 녹여
서 뚫고 나와 싹을 틔우고 20여 일 만에 꽃을 피운다. 이렇게 일찍 꽃을 피우는 것은,
키 작은 식물의 생존 전략이다. 키가 큰 관목들이 잎을 피우고 나면 그늘이 져서 광
합성이 불가능하므로, 관목들이 잎을 피우기 전에 꽃을 피우고 종자까지 만드는 것.
내륙에서 자생하는 것은 드물고, 우리나라 제주도에 주로 자생한다. 가슴 두근거림,
숨 가쁨, 신경쇠약, 심장쇠약 등을 치료하는 데 좋은 효능이 있다고 하지만, 독이 있
어 중독되면 오심과 구토 등을 일으킬 수 있으므로 주의를 기울여 사용해야 한다.

미나리아재비
|

숲 가장자리나, 초지의 햇볕이 잘 들거나 반그늘의 습기가 많은 토양에서 자라는 여러해살이풀. 줄기는 곧게 서며 가지가 여러 개로 갈라지며, 높이 50~70센티미터로 자라고 전체에 흰 털이 난다. 꽃은 5~6월에 짙은 노란 색으로 핀다. 꽃잎은 5장, 길이가 꽃받침의 2배쯤이다. 암술과 수술은 많다. 열매는 수과이며, 모여서 별사탕 모양의 열매덩이를 이룬다. 독성이 있으나 봄에 어린잎을 따 삶은 다음 독을 빼서 나물로 먹는다. 한방에서는 뿌리를 제외한 식물체 전부를 모랑이라는 약재로 쓴다.

골무꽃

|

꽃받침통의 모양이 바느질할 때 쓰는 골무와 비슷하다고 하여 골무꽃이라는 이름이
붙었다. 둥근 접시 모양이라 생각할 수도 있는데, 실제로 골무꽃속의 속명인 'Scutel-
laria'는 라틴어로 '작은 접시'라는 뜻의 'Scutellla'에서 유래한 것이다. 골무꽃속은
남아프리카를 제외한 전 세계에 널리 분포하고 있다. 키는 20~30센티미터 정도. 털
이 빽빽하게 있는 잎은 넓은 난형으로 되어 있고 2센티미터 정도이다. 꽃은 자주색
이고, 줄기 상단부에서 꽃대가 나와서 꽃이 아래에서 위쪽으로 올라가며 핀다. 어린
잎을 나물로 먹고 민간에서는 뿌리째 위장염, 해열, 폐렴 등의 약재로 쓴다.

관중고사리

|

한국, 일본, 사할린, 쿠릴열도, 중국 동북부 등지에 분포한다. 습기가 많고 토양이
거름진 곳에서 무리 지어 자란다. 키는 50~100센티미터이고, 잎은 길이가 1미터
내외이고 폭이 25센티미터 정도이며 뿌리에서 나온다. 줄기에는 광택이 많이 나고
황갈색 혹은 흑갈색의 비늘과 같은 것이 있다. 어린잎을 식용한다. 한방에서는 뿌리
줄기를 약재로 쓰는데, 기생충을 제거하고 해열·해독 작용이 있으며 지혈 효과도 있
다. 양방에서는 성분을 추출하여 면마정 등의 약품을 만든다. 이끼류로 싸고 묶어서
수분만 적절히 공급하면, 잎이 사방으로 퍼져서 관상용으로도 좋다.

음나무

|

엄나무 또는 엄목이라고 하고, 지방에 따라서는 개두릅나무라고 부르기도 한다. 낙엽교목으로 잎이 손바닥 모양으로 5~9개 갈래로 갈라진다. 갈래조각은 끝이 뾰족하고 톱니가 있다. 줄기와 가지에 밑이 퍼진 가시가 있다. 야생산은 가시가 적고 사람 손이 많이 닿는 재배산일수록 가시가 많다. 꽃은 7~8월에 피고 황록색이다. 열매는 핵과로 둥근 모양으로 10월에 검게 익는다. 농촌에서는 잡귀의 침입을 막기 위하여 음나무의 가지를 대문 위에 꽂아둔다고 한다. 목재는 건축재, 가구재, 조각재로 이용하며, 나무껍질에서 얻은 추출액을 갈증 해소에 쓰며, 요통, 신경통, 관절염을 치료할 목적의 약으로도 쓴다.

다람쥐꼬리

|

한라산, 지리산 및 북부 지방의 산지에서 자라는 여러해살이풀. 습기가 많고 햇볕이
잘 들지 않는 바위틈이나 계곡에서 자란다. 키는 5~15센티미터이고, 잎은 길이가
3~7밀리미터, 폭은 1밀리미터 내외로 작고 가늘다. 잎은 줄기에 빽빽이 붙으며 바
늘 모양의 바소꼴. 줄기 윗부분에서는 비스듬히 위를 향하지만, 아래 부분에서는 젖
혀지기도 한다. 가지는 곧게 서며 몇 번씩 갈라진다. 가지 끝부분에 생기는 부정아不
定芽는 대가 없고 녹색이며, 좌우에 날개가 있고 끝이 파지며 땅에 떨어지면 싹이 돋
아 새로운 개체가 된다. 한방에서는 식물체 전체를 약재로 쓰는데, 타박상으로 인한
근육 손상에 효과가 있고 지혈 효과가 있어 외상 출혈에도 사용한다.

개감수

|

양지 혹은 반음지의 토양이 비옥한 곳에서 자라는 여러해살이풀로 감수 혹은 낭독
이라고도 한다. 원래 감수는 중국에서 나는 풀을 가리키는 것인데 우리나라에 나는
개감수도 비슷한 약효를 가지고 있기 때문에, 감수와 같으면서도 참된 감수가 아니
라는 뜻으로 '개'자를 붙여 개감수라는 이름이 붙었다는 이야기도 있다. 키는 30~60
센티미터이고, 잎은 긴 타원형의 모양을 하며, 앞부분은 녹색이지만 뒤쪽은 홍자색
을 띠고 있다. 꽃은 별 모양에 녹황색으로 꽃이 잎 색과 거의 유사한 색을 가졌다는
점이 특이하다. 열매는 9월경 달린다. 잎을 자르면 흰색 유액이 나오며, 독성이 강
하므로 식용하지 않는다. 큰 군락을 이룬 곳은 없지만 많이 뭉쳐서 자라는 것은 쉽
게 관찰된다.

풀솜대

|

솜대, 솜죽대, 녹약이라고도 한다. 반그늘과 부엽질이 많은 토양에서 잘 자라는 여
러해살이풀. 뿌리줄기는 육질이고 옆으로 자라며 끝에서 원줄기가 나와 비스듬히
20~50센티미터로 자라며 위로 올라갈수록 털이 많아진다. 밑은 흰색 막질의 잎 집
으로 싸여 있다. 꽃은 흰 색으로 5~7월에, 원줄기 끝에 작은 꽃들이 뭉쳐 하나의 꽃
을 이루며 핀다. 열매는 9월쯤에 달리며 둥글고 적색이다. 잎이 지상부에 올라오면
얼핏 보기에 둥글레처럼 보이지만 잎의 크기와 줄기를 살펴보면 확연히 다르다. 주
로 관상용으로 쓰이며, 어린 순을 나물로 먹고, 사지마비, 생리불순, 종기, 타박상에
약용한다.

개족도리

|

쥐방울덩굴과에 속하는 여러해살이풀. 우리나라 특산식물의 하나로, 남해안 섬 지방과 한라산 숲 속에서 자란다. 섬족도리풀이라고도 한다. 족도리풀과 비슷하지만 잎이 더 두껍고 잎 면에 무늬가 있는 것이 달라 '개'자를 붙여 개족도리라 부른다. 뿌리줄기는 비스듬히 서며 하얀 잔뿌리가 퍼져나간다. 뿌리목에 넓은 달걀 모양의 적갈색 비닐같은 비늘 모양의 조각이 1~3개 달렸다. 잎은 심장 모양으로 1~2개씩 나며 표면은 짙은 녹색이고 가장자리가 밋밋하며 흰 무늬가 표면 전체에 있다. 잎에는 털이 없으나 뒷면에는 약간 있는 것도 있다. 한방에서는 5~7월에 뿌리를 채취하여 그늘에 말린 것을 두통, 발한, 거담 치료에 쓴다.

일러스트 김윤선

숲 트래킹 준비하기

접는 우산이나 우의
비가 올 경우를 대비하여 접는 우
산이나 우의를 챙긴다. 단, 쌓여 있
는 낙엽이 물기를 머금으면 미끄
러워지므로 비오는 숲길을 걸을
때에는 조금 더 주의를 기울이자.

모자
숲 속이라도 자외선
차단은 필수!

작은 가방
더 즐겁게 걷기 위해서 두 손을 가볍
게 하는 것만큼 중요한 일이 또 있을
까! 휴대전화나 지갑 등 간단한 소지
품을 넣을 만한 작은 가방을 준비하
자. 매일같이 쥐고 있던 스마트폰은
잠시 가방에 넣어두고, 비어버린 두
손으로 숲의 바람을 쥐어보자.

몸에 뿌리는 벌레 퇴치제, 붙이는 모기약
벌레에 잘 물리는 체질이라면 숲길 트래킹 전에 몸에 뿌
리는 벌레 퇴치제를 뿌리고 숲을 걷는 것이 좋다. 특히
아이들은 어른보다 체열이 높아 벌레에 물리기 쉽기 때
문에 붙이는 모기약을 챙기거나 벌레 퇴치제를 뿌려주는
등 더 신경을 써주는 것이 좋다.

물
제주 숲길 트래킹을 하는 데 보통 1시간
반에서 2시간 정도가 소요된다. 중간에
약수가 있는 숲도 있지만, 마실 물이 없
는 숲도 있다. 마실 수 있는 물은 가방에
챙겨가는 것이 좋다. 단 일회용 생수를
마셨다면 발생하는 플라스틱 생수통은
절대 숲에 버려서는 안 되고 반드시 챙겨
서 나와야 한다.

걸칠 수 있는 긴 소매
나무 그늘이 이어진 숲길에서는 여름에도 서늘한 기운이 감돌기 때문에 걸칠 수 있는 옷을 준비하는 것이 좋다. 긴 바지와 마찬가지로 다양한 요소들로부터 맨살을 보호하는 기능이기도 하다.

긴 바지
숲길 트래킹을 가벼운 산책 정도로 생각하고 짧은 바지나 치마를 입는 사람들도 있다. 하지만 숲 속에는 다양한 종류의 곤충과 벌레가 서식하고 있고, 숲길을 따라서도 다양한 종의 식물들이 자라 있기 때문에 맨다리를 내놓는 것보다는 긴 바지를 입는 것이 좋다. 벌레나 나뭇가지, 풀들에 의한 안전사고를 예방하기 위해서라도 긴 바지를 입자!

발에 익은 운동화
여행을 앞두고 들떠 새 신발을 신고 여행을 시작하는 이들이 종종 있다. 물론 새 신발이 편하다면 다행이지만, 길들여지지 않은 불편한 신발을 신고 오랜 시간 걷는 일만큼 고통스러운 일이 또 없다!

일러스트 이윤희

forest o6

숲을 걷는 마음가짐

하나, 숲에 있는 식물을 꺾지 않는다.

몽돌해변으로 유명한 해수욕장에서 관광객들이 몽돌을 반출해가는 탓에 골머리를 앓고 있다는 뉴스를 종종 접한다. 제주도의 현무암을 몰래 집어가는 여행객들도 많다고 한다. 허나 그게 어디 돌만의 문제일까! 숲 속 식물들을 꺾어가는 이들도 있다. 자신의 여행을 기념하고 싶은 마음은 알겠지만, 그것들이 원래 있던 자연에 모여 있을 때에 아름답다는 사실을 꼭 기억하자! 돌이 사라진 해변, 나무가 죽어버린 숲은 절대 아름다울 수 없다.

둘, 길이 아닌 곳으로 가지 않는다.

다른 사람들이 만들어둔 길은 따르지 않겠다며 길이 나지 않은 곳으로 산행을 이어가는 사람들이 종종 있다. 하지만 길이 아닌 곳으로 산행을 할 경우 길을 잃을 수도 있고 위험에 노출될 가능성이 크다. 숲길로 정해진 길만 걷자.

셋, 이어폰으로 노래를 듣는 대신 숲의 소리를 듣는다.

걸을 때 습관적으로 음악을 듣는 이들이 많다. 숲을 트래킹하는 동안은 잠시 음악을 끄고 이어폰을 빼자. 바람에 일렁이는 잎들의 소리와 새들이 지저귀는 소리가 숲을 가득 채우고 있었다는 사실을 깨닫게 될 것이다. 숲의 소리를 들으며 걷자.

넷, 숲 근처에서는 절대 담배를 피우지 않는다.

절물자연휴양림 앞 매점에서 담배를 찾는 한 남성이 있었다. 하지만 직원은 단호하게 말했다. "숲 앞에서는 담배를 팔지도 않고요, 가지고 계신 담배도 피우시면 안 돼요." 80퍼센트가 넘는 대부분의 산불은 숲을 방문한 사람들의 부주의가 원인이라고 한다. 자연적 요인으로 숲에 불이 나는 경우는 많지 않은 것이다. 그만큼 숲을 방문하는 사람들의 각별한 주의가 필요하다. 훼손당한 숲이 예전처럼 회생하는 데에는 최소 100년이 걸린다고 한다.

다섯, 본인이 만든 쓰레기는 꼭 챙겨서 나온다.

숲에서 발생하는 모든 쓰레기는 꼭 본인이 챙겨서 나와야 한다. 일회용품은 물론이거니와 비교적 빨리 썩는 음식물 또한 숲에 살고 있는 야생동물 생태에 혼란을 줄 수 있으므로 절대 땅에 묻거나 버려서는 안 된다.

당신을 잊지 않기 위해
거꾸로 걷는다

—나희덕 읽기

우리는 차를 타고 숲으로 갔다. 왼편 뒷좌석에 앉아 의자와 차창 사이로 얼핏얼핏 넘실대는 당신을 본다. 당신이 거기에 있었다. 까무잡잡하고 단단한 팔이 운전대 위에 놓여 있다. 당신이 방향을 정하는 대로, 나는, 당신은, 우리는 옆으로 앞으로 가끔은 뒤로 움직여 간다. 작은 틈으로 넘실거리던 당신의 이미지는 어느새 가득 넘쳐흘러, 나는 이내 차창 밖으로 시선을 돌린다. 새파란 하늘과 삼나무가 숨쉴 틈 없이 달려간다. 팟, 팟, 하고 사라져가는 풍경을 잡으려고 카메라 셔터를 누른다. 그 사진에 당신은 없지만, 이미 충분히 가득해 넘쳐흐른 당신의 목소리와 숨과 분위기 같은 것들이 거기에 있다. 그것들이 나를 물들였다.

> 살았을 때의 어떤 말보다
>
> 아름다웠던 한 마디
>
> 어쩔 수 없을지도 모른다는,

그 말이 잎을 노랗게 물들였다.

—나희덕 「그 말이 잎을 물들였다」 중에서

그때 우리는 이름이 없었다. 나는 당신을 보았지만 그때 당신도 나를 보았는지는 모르겠다. 다만 나는 이름을 모르는 당신이, 이름조차 알지 못하는 당신이 퍽 마음에 들었다. 이름이 없는 당신의 목소리와 숨, 분위기 같은 것들이 이미 하나의 대명사였다. 짧든 길든 그 대명사를 기억하게 되리라 직감했다. 그때 당신은 이름을 갖게 됐다. 케이, 나는 이제와 당신을 케이라고 불러보고 싶다. 낮았던 음역의 목소리와 웃을 때 접히던 얼굴 곳곳의 잔주름, 까무잡잡하고 단단한 손. 그것들을 모두 묶어 케이라고 불러보고 싶은 것이다. 이름을 부른다면 더 오래 기억하게 될지도 몰랐다. 그러나 케이, 당신의 이름을 부른다면 내가 기억하는 그 며칠간의 당신은 모두 날아가버릴 것만 같았다. 소리도 질감도 냄새도 아무것도 남지 않고, 오로지 그 이름만 남게 될까봐. 나는 당신의 이름을 부르지 않았다. 케이, 나의 이름 없는 사내여.

지나가는 소나기가 잎을 스쳤을 뿐인데
때로는 여름에도 낙엽이 진다.
온통 물든 것들은 어디로 가나.
사라짐으로 하여
남겨진 말들은 아름다울 수 있었다.

—나희덕 「그 말이 잎을 물들였다」 중에서

　당신은 지나가는 소나기처럼 내 곁을 스쳤다. 그럼에도 그 짧은 시간, 대부분 '~을 좋아한다'고 말하던 당신의 목소리가 나를 하염없이 노랗게 물들였다. 여름인데도 내 마음에 자꾸 낙엽이 졌다. 짧은 여행, 게스트하우스의 짧은 인연, 그럼 그후엔? 온통 물들어버린 것은 어디로 가야 하나? 그것들이 모두 사라진다면, 당신과 나 사이에 남은 말들은 정말, 아름다울 수 있을까?

　앞서 걷는 당신의 뒷모습을 본다. 머리끝부터 목덜미, 어깨, 팔, 손, 허리, 다리, 발목, 발까지. 내 앞에 당신이 걷고 있다. 뒤를 돌아보길, 아니 돌아보지 않길, 아니 돌아보길. 끝없이 마음을 저울질하다가 설핏, 돌아서려는 당신의 뒤통수에서 눈길을 뗀다. 온통, 비자나무였다. 가까워지길, 아니 가까워지지 않길, 아니 가까워지길. 마음은 또 이리저리 날뛰고 걸음은 빨라졌다가 느려졌다가를 반복한다. 결국 우리 사이엔 좁힐 수 없는 거리가 수없이 반복된다. 당신과 나는 가까워지지 못한 채, 딱 그만큼의 거리를 남겨두고 걷는다. 비자나무가 가득하다는 숲길을 따라.

　　말이 아니어도, 잦아지는 숨소리,
　　일그러진 표정과 차마 감지 못한 두 눈까지도
　　더이상 아프지 않은 그 순간
　　삶을 꿰매는 마지막 한 땀처럼
　　낙엽이 진다.

낙엽이 내 젖은 신발창에 따라와

문턱을 넘는다, 아직은 여름인데.

—나희덕 「그 말이 잎을 물들였다」 중에서

천장에 닿을 듯, 하늘에 조금은 더 가까웠던 게스트하우스 이층 침대. 2층에 누워 나는 쉽사리 잠을 이루지 못했다. 그때 당신이 미주알고주알 좋아한다고 이야기했던 것들을 수없이 곱씹었다. 곱씹고 곱씹다보니 딱 하나만 남았다. My Cherie Amour. 그래서 나는 그 노래를 들었다. 하늘에 조금 더 가까운 높이에 붕 떠서는, 이 땅 위에 남은 것이라곤 그 노래와 나뿐인 양. 귀를 기울였다. 노래는 새벽까지 이어졌고, 이내 아침이 왔다. 더이상 아프지 않은 그 순간, 삶을 꿰매는 마지막 한 땀처럼 낙엽이 진다. 케이, 어떡해요. 그 눈동자, 살 빛, 주름, 당신의 시간이 쌓아온 그 모든 것이 나를 물들였는데. 이 여름에 낙엽이 지는데.

안녕히 가라고 인사하던 공항에서의 그 모습이, 몇 번의 밤에도 계속 떠올랐다. 그 뒷모습을 따라 가까워지지 않을 만큼만 바짝 다가서서 걷다보면, 어느새 우리는 숲에 있다. 이름이 없는 당신의 목소리와 숨, 분위기 같은 것들이 비자나무 숲을 걷고 있다. 당신이라는 대명사를 나는 몇 번이고 되새김질해보다가, 뒤를 돌아 걷기 시작한다. 그러면 내 뒤의 당신은 조금씩 멀어져간다. 이름 없는 당신이 소리를 내어 공기를 움직였을 때, 몇 개의 주름으로 웃어 보였을 때. 그 숲이 처음 시작되었던 입구를 향해 걷는다. 나는 당신을 잊지 않기 위해 거꾸로 걷는다. 한참을 걷다가 발을 들어보니, 낙엽이 내 젖은 신발창에 붙어 함께 문턱을 넘는다. 아직은 여름인데.

글 김민채

forest o8

숲길

숲.

보이는 모든 것들을 삼켜버릴 듯했던 어제는 사라지고 파란 하늘에 흰 구름 몇 개. 전형적인 상쾌한 여름날의 아침이다.

언제 그랬냐는 듯, 태풍은 늘 그런 식이다.

며칠 전부터 텔레비전과 라디오, 신문에서 온종일 떠들어대는 통에 세상은 태풍의 위력에 대한 호들갑과 으름장으로 가득했다.

2년 전 제주에서 처음 맞은 '볼라벤'은 정말 대단한 놈이었다.

행여 비슷한 녀석이라도 올까, 상상할 수 있는 모든 대비책을 연구하고 준비하느라 동분서주했다. 돌이켜 생각해보면, 마치 곧 전쟁이라도 치르는 병사처럼 비장하기까지 했다.

지난 며칠간 하늘은 어두웠고 마음도 무거웠다.

생각보다 점잖게 지나간 태풍에 김이 빠지면서 긴장은 온데간데없이 사

라지고

민방위훈련이라도 마친 것처럼 데면데면해져버렸다.

태풍이 지나가자마자 꿉꿉했던 것들이 마르기 시작한다.

간만에 운동화를 꺼낸다. 제법 오래된 느낌이다.

편안한 반바지에 얇은 면 티셔츠. 전화기는 두고 간다.

우리 마을에는 숲이 있다.

마을 끝자락에 있는 작은 오름 하나가 통째로 숲을 이루고 있다.

숲길은 대체로 평지이며 나지막하고 얕은 경사로가 두 개.

그 오름의 가장자리를 빙 둘러 길이 이어져 있다.

길이 시작되는 곳에는 마을의 제祭를 지내는 당이 있고 아무 생각 없이 걷다가 '이쯤에서 잠시' 하는 지점에 쉴 자리도 있다.

최근에는 새로 연결된 마로馬路길 덕분에 더 오랫동안 숲을 거닐 수 있게 되었다.

태풍 따위와는 아무 상관없었다는 듯. 비바람에 떨어진 잔가지 몇 개를 빼고는, 숲은 그대로다.

지난 며칠 이 핑계 저 핑계로 마셨던 술 때문에 머리가 무겁다.

아주 시원한 바람이 분다.

바람은 어디에나 있다. 바다에도 있고 들판에도 있다.

그러나 지금 여기서 부는 바람은 그것들과는 확연히 다르다.

바다와 들판을 지나 숲에 도착한 바람은 섬모와 같은 가지와 나뭇잎들을 통과하며 신선함이 더해진다.

더욱 투명해진 바람에 숲은 가볍게 춤을 춘다.

그때 나는 소리는 적당한 간격을 두고 반복되는 파도 소리 같다.

빽빽한 나뭇잎 사이로 햇살이 비친다.

지난 며칠 사라졌다 나타난 맑고 선명한 빛들이

나뭇잎 사이를 지나며 모래알처럼 반짝거린다. 그 빛은 웅크렸던 모든 것들을 깨우고 춤추는 모든 것들을 눈부시게 만든다.

숲이 다시 살아 움직인다.

운이 좋다면 이 길을 걷다가 노루와 마주칠지도 모르겠다.

이 숲에는 노루 한 가족이 살고 있다. 얼마 전에는 아주 어린 노루가 도망도 가지 않고 한참 동안 나를 바라보았다.

올 봄에 태어난 녀석이다.

과장된 표현일지 모르지만 오늘 이 숲은 모든 게 최상이다.

온도, 습도, 공기, 바람, 모든 색깔들, 자연이 만들어내는 온갖 소리, 거기에 더해진 건 오로지 내가 딛는 옅은 발자국 소리뿐이다.

중산간 지역에 있는 우리 마을에는 나무들이 잘 자란다고 한다.

많은 조경업체들이 몰려 있는 이유도 그 때문이다.

비자나무, 편백나무, 삼나무, 동백나무, 소나무……

일반적으로 잘 알려져 있는 나무 이외에도 굉장히 다양한 종류의 나무들이 함께 살아간다. 숲은 온갖 자연의 밀집이다. 거기에 사람들이 길을 낸 것뿐이다.

그래서 내가 걸어가는 이 숲길은 숲의 아주 작은 일부에 불과하다.

이 길은 온전한 숲길이다.

뒤에서나 앞에서 갑자기 나타나 놀라게 할 차도 없고, 오토바이도 없고, 자전거도 없다.

심지어 사람도 없다. 전체 3킬로미터쯤 되는 길을 천천히 걸으면 한 시간 정도, 세 번 산책을 가면 한 번 정도 사람을 만날까 말까 한다.

서울의 북한산에서 일렬로 줄서서 산을 올라가본 사람이라면 이 숲길을 걸으며 혼자라는 사실에 깜짝 놀랄 것이다.

이것은 분명 '호사'다.

이 아침 산책을 위해 돈을 들여 숲을 조성한다면 과연 얼마가 들까?

실로 어마어마한 비용이 들것이다. 키가 10미터가 넘는 이 많은 나무들을 저렇게 빽곡하게 심는 것 자체가 불가능해 보이니 말이다.

거기에 사람들마저 없으니 이 큰 숲이 통째로 나를 위해 존재하는 것이나 다름없다.

제주도에서도 잘 알려진 몇 군데의 숲에 가본 적이 있다. 과연 정말 좋은 숲들이었다.

그러나 그곳들은 하나같이 숲을 채우고 있는 나무만큼 사람도 많았다.

숲에 길을 낸 것이 아니라 길 옆에 있는 숲 같았다. 심지어 입장료를 받는 곳도 있었다.

제주의 진면목은 아직은 온전히 남아 있는 자연이다.

많은 사람들이 제주에 열광하는 것도 결국 자연 때문일 것이다.

지금 당신이 있는 제주 어디에서건 한 발짝만 더 들어가면 이제껏 경험해 보지 못한 아름다운 자연이, 숲이 당신을 기다리고 있다.

딱 한 발짝만 더 내딛으면 된다.

시인 로버트 프로스트의 말처럼, 당신 앞에 두 갈래 길이 있다.

누구나 가는 알려진 길과 남들이 가보지 않아서 숨어 있는 길.

글 이수영

바다에서 숲까지

—평대리坪垈里 편

마 음 에 들 어

제주도 지도를 펼쳐놓고 골똘히 들여다본다. 나는 이내 평대리가 마음에 들었다. 별 이유는 없었다. 왠지 이 작은 마을이 세상이 가진 모든 아름다움을 품고 있지 않을까 하는 자그마한 믿음이 생긴 탓이었다.

평대해수욕장에서 바닷가 마을을 지나오면 평대초등학교가 있고, 평대초등학교부터 1112번 도로를 타고 쭉 달려오면 비자림이 있다. 바다에서 숲으로, 숲에서 바다로. 평대리는 가로로 길쭉한 모양을 하고 있다. 그러나 평대리는 고조곤히 파도 소리를 펼쳐놓는 평대 바다, 온종일 드라이브만 하고 싶을 만큼 곧게 뻗은 1112번 도로, 오랜 세월을 간직한 아름다운 비자림을 품고 있다. 동쪽 바다에서 첫번째 걸음을 떼어 평편한 이 길을 타박타박 걷다 보면, 숲에서 마지막 걸음을 떼게 되리란 믿음을 주는 길, 마음을 온전히 내려놓고 걸어갈 수 있는 길. 그것이 평대리의 길이다.

평대 마을은 '뱅듸' 위에 위치한다 해서 뱅듸라고 불리다가 후에 평대 마을로 개칭되었다. '뱅듸' 혹은 '버덩', '벵디'는 돌과 잡풀이 우거진 넓은 들판이라는 뜻의 제주 말이다. 뱅듸와 발음이 유사할 뿐인지, 평평하고 큰 모양이란 뜻이 반영되어 평대坪岱가 되었는지 알 수 없다. 어찌됐건 '뱅듸'란 평대리의 세월을 가늠케 하는 말이다.

평대리에는 드넓은 버덩이 이어지고, 돛오름 기슭의 비자림 군락을 제외하면 산림이 발달하지 못했다. 해안선이 단조로운 편이고 수심이 깊지 않지만, 수산 자원이 풍부해 연해 어업이 활발하다. 농업과 축산업, 수산업을 병행하는 반농·반어업 또는 반농·반목축의 복합적 형태의 마을이다. 평탄하고 조용한 마을, 그 어디쯤에 가만히 서서 귀를 기울이면 멀리에서 파도 소리도 비자나무가 일렁이는 소리도 들려오는, 그곳.

홍당무와 당근

마음을 이끌었던 마을인 만큼 나는 은근슬쩍 평대리로 가곤 했다. '미쓰 홍당무 하우스'라는 이름의 게스트하우스에서 묵었던 11월엔, 평대리 여기 저기에 파랗게 펼쳐진 당근 밭을 보았다. 처음엔 당근 밭인 줄도 몰랐다. 무슨 작물인지는 몰라도 역시 제주도에서는 늦가을에도 그렇게 파릇파릇한 생명이 자라는구나 싶어 신기했다. 연신 예쁘다, 예쁘다 외치며 평대리 풍경속 '그것'을 사진에 담았다. 무엇인지는 잘 모르지만 참 예쁜 풀들, 미쓰홍당

무 하우스 가까운 밭에서도 그것들이 파랗게 자라고 있었다.

다음날 아침, 게스트하우스 주인장과 이야기를 나누다가 '그것'의 정체를 알게 됐다. 평대리 곳곳에 펼쳐진 그것은 바로 '당근'이었다. 나와 일행은 "마트에 있는 당근만 봤지, 당근이 실제로 저렇게 땅에 심어져 있는 건 처음 본다"며, "참 예쁘다"며 종알거렸다.

"아침 먹고 근처 산책하고 와요. 평대리에 당근 밭이 많거든요. 그래서 우리 집 이름에도 홍당무가 들어가 있잖아요!"

주인장이 친절하게 덧붙인 한마디 때문에 우리 사이에 잠깐 정적이 흘렀다.

"?!⋯⋯ 홍당무와 당근이⋯⋯ 같은 건가요?"

부끄럽게도 우리는 물었다. 홍당무와 당근이 같은 것이라니! 살면서 단 한

번도 상상해본 적 없었다. 머릿속에 그려진 당근과 홍당무는 모양조차 달랐다. 당근은 우리가 늘 먹는 역삼각형의 매끄럽게 생긴 그것, 홍당무는 〈곰돌이 푸〉 같은 외국 애니메이션에나 나오는 좀더 길고 울퉁불퉁한 모양의 그것이 아니었나? 나와 일행 그리고 심지어는 게스트하우스 카페에서 아침식사를 하고 있던 다른 게스트들까지 눈이 동그래졌다. 그때 그곳에 있던 우리들은 2013년 11월의 어느 아침, 제주특별자치도 구좌읍 평대리에서, 밥을 먹다가, 당근과 홍당무가 같은 것임을 알게 된다.

충격적이었던 아침식사를 마치고, 천천히 평대리를 걸어보았다. 이름도 모르며 예쁘다, 예쁘다 내뱉으며 사진으로 남겼던 홍당무 밭 여기저기를. 평대리엔 당근 밭이 참 많았다.

동쪽 바다를 따라 걷다가

처음으로 제주도 여행을 갔던 때에는 해안도로를 타고 일주를 했다. 사람 많은 관광지에서 휘둘리고 싶진 않았기에 2박 3일 동안 그저 바닷바람을 실컷 쐬며 해안도로를 따라 드라이브를 즐겼다. 여기서도 바다, 저기서도 바다, 제주도 바다를 실컷 즐겼는데 희한하게도 유독 동쪽 바다만이 기억에 남았다.

그래서 두번째로 제주도를 여행했을 땐 동쪽 바다에만 머물렀다. 월정리에서 시작해서 한동리, 평대리, 세화리, 종달리까지 천천히 걸었고 느꼈다.

그러다 문득 나는 제주도에 살고 싶어졌고, 살 수만 있다면 동쪽 바닷가에서 머무르고 싶었다. 가끔씩 제주에서의 삶을 상상할 때에도 내 몸뚱어리는 늘 동쪽 바닷가에 서 있었다. 그럴 때면 마음속으로 제주 동북부에 위치한 바닷가 마을을 하나씩 꼽씹었다. 월정리, 한동리, 평대리, 세화리, 종달리. 내가 걸어봤던 그 모든 마을이 좋아서 결심이 제대로 서질 않았는데(진짜 떠나는 상황이 아니었음에도 그렇게나 진지하게 고민을 했다), 그 뒤에 한번 더 제주도에 찾아갔을 때에야 나는 결심했다.

평대리에 살고 싶었다. 평대리는 유독 조용한 마을이었다. 솔직히 말하면 월정리 바다나 세화리 바다에 비해 바다가 빼어나게 아름다운 건 아니었다. 그러나 나는 그 마을에 흐르는 고요가 좋아서, 바람 소리에 스미어 있는 파도 소리가 좋아서 그곳에 살고 싶었다. 1112번 도로를 따라, 끝이 없는 세상을 헤매듯 걷고 또 걸어 비자림에 닿고 싶었다. 비자림을 걷다 지치면 다시 바다로 돌아오고 싶었다.

끝내 나는 평대리로 갔네

일행들이 서울로 돌아가야 하는 시간, 나는 한동리 어디쯤에서 혼자가 됐다. 혼자 남겨진 내가 갈 곳은 뻔했다. 평대리였다. 평대리에 가는 게 좋아서 나는 일행들에게 미안할 만큼 미소를 지어버렸다. 평대리가 있는 방향을 향

해 바다를 따라 걸었다. 조금 낯선 길이었다가 이내, 익숙한 풍경이 눈에 들어왔다. 바닷가 쪽에서 마을 쪽으로 들어서자, 예전에 여행을 왔을 땐 없었던 카페를 발견했다. '풍림다방'이었다. 점심때가 막 지나서인지 손님이 꾸준히 들고 났는데, 주인장은 꾀를 부리는 법 없이 열심히 드립 커피를 내렸다. 주문이 여럿 밀릴 수밖에 없었지만, 한 잔 한 잔, 그의 시간과 마음이 담겼다. 그러니 맛있을 수밖에 없던 커피.

몇 시간을 풍림다방에 앉아 제주 사람의 시간을 겪다가, 자리를 털고 나섰다. 오랜만에 찾아온 평대리 곳곳을 걷다보니 못 보던 게스트하우스도 생겼고, 분식과 맥주를 파는 가게도 생겼다. 어느새 큰길이다. 버스정류장에 앉아 멍하니 주유소를 바라본다. 어디서 많이 보던 주유소다 싶었더니, 그 주유소 너머에 내게 홍당무와 당근이 같다는 걸 알려주었던 주인장의 게스트하우스가 있다. '가서 인사나 하고 갈까' 하고 괜한 오지랖이 발동했다가 시간을 보니, 이제 손님들이 하나둘 게스트하우스로 돌아올 시간이겠구나 싶어, 만다. 훗날 다시 게스트가 되어 찾아와 평대리의 밤을 맞아야지, 홍당무 밭 사이를 걷는 꿈을 꾸어야지.

참으로 정갈하고 조용했던 그곳, 마음을 다해 찾아오는 이에게 품을 내어주었던 그곳, 곧고 평편하지만 언제든 마음을 내려놓을 수 있다는 믿음을 주었던 그곳. 미쓰홍당무 하우스도 풍림다방도 그랬다. 그들이 살아가는 평대리가 그랬고, 내가 닿으려 꿈꾸는 평대리가 그랬다. 그 고요 속에 바람 소리도 있고 파도 소리도 있다.

끝이 어디에 있는 줄 모르는 뱅듸를 따라, 다시 평대리를 걷는다.

미쓰홍당무 하우스

—평대리 외계인님

주소 **제주시 구좌읍 평대4길 20-1 (평대리 1753-1)**
전화번호 **070-7715-7035**
홈페이지 **www.misshongdangmoo.co.kr**

제주에 내려온 지 얼마나 됐나? 3년 차. 이 집을 처음 만난 건 2011년 가을.

어떻게 여기 평대리에 자리잡았나? 도시 생활과 직장 생활을 오래 했고, 어느 순간부터 시골에서 살고 싶었다. 제주도 중에서도 '나와 교감할 수 있는 곳'이 어디일까를 고민하며 1년 정도 여행하고 둘러봤다. 직접 겪어보니 동쪽이 참 좋았다. 개인적으론 바다보다 숲을 좋아해서 더 마음에 들었다. 비자림, 오름 게다가 푸른 당근 밭까지!

게스트하우스이지만 제주 고유의 집을 잘 살려낸 것 같다. 처음부터 집을 새로 지을 생각은 없었다. 계속 아파트, 원룸에 살았던 만큼 제주 고유의 시골집에서 살고 싶었다. 보수 보완하느니 밀고 새로 짓는 편이 훨씬 낫겠다고 말하는 사람이 많았지만, 무너져가는 것들은 보완을 하고 가지고 있던 것들은 다 살려냈다.

제주도의 어떤 면에 반했던 것인가? 제주의 가을. 몇 년 전 스쿠터 여행을 하면서 처음으로 가을 제주를 봤다. 가을에 억새가 정말 예쁘다. 이 근처에서는 아끈다랑쉬, 용눈이오름에 억새밭이 정말 아름답다.

평대리, 미쓰홍당무 하우스는 당신에게 어떤 의미인가? 제주도에 와서 생애 최초로 내 집을 가지게 됐다. 나만의 아지트인 셈이다. 어디를 가도 돌아올 수 있는, 작지만 따뜻한 곳.

제주에서 살며 가장 좋았던 곳은? 나는 비자림이 좋아서 여기 평대리에 자리를 잡았다. 비자림 산책을 자주 간다. 주로 관광객이 붐비지 않는 아침 일찍 혹은 저녁 무렵에 찾아간다. 중산간 길을 따라 드라이브도 자주 다닌다. '금백조로'라는 길은 가을에 특히 예쁘다. 1112번 길에서 수산리로 빠지는 길인데 동쪽에서 가장 아름다운 길이 아닌가 싶다. 그러나, 지금은 내가 살고 있는 우리 동네 평대리가 가장 좋다.

풍림다방

주소 제주시 구좌읍 평대2길 35 (평대리 1947-5)
전화번호 010-5775-7401

　이제는 '카페에 간다'는 것보다 '어느 카페에 찾아가 진짜 괜찮은 커피를 맛보는지'가 중요한 시절이 왔다. 동쪽 바다, 특히 평대 해수욕장 근처에서 진짜 맛 좋은 커피를 찾는 이라면 풍림다방을 찾아가보자. 해안도로에서 '상점'이 크게 쓰여 있는 상점 골목으로 들어가면 바다를 향해 얼굴을 내밀고 앉아 있는 풍림다방이 보인다. 해안도로에서 멀지 않다.

　바람 풍風, 수풀 림林. 이름도 예쁜 바람 숲이다. 옛 제주 돌집을 손봐 카페로 개조했고 실내에서나 마당에서나 커피를 즐길 수 있다. 마을에 잘 어우러진 분위기도 좋지만, 풍림다방을 찾아간 가장 큰 이유는 단연 '맛이 좋은' 커피 때문이다. 카페 안에 놓인 로스터를 보아 알 수 있듯, 직접 로스팅한 원두를 사용해 커피를 내린다. 원두도 150g부터 판매하는데, 풍림다방 원두는 세화 바다 앞에서 열리는 벼룩시장인 '벨롱장'에서도 인기가 좋다.

　인도네시아 만델링 위페삼, 콜롬비아 수프리모 후일라, 과테말라 산타이

사벨, 니카라과 라구나, 예가체프 코체레, 브라질 나자레 등의 다양한 원두를 맛볼 수 있고 더치 커피도 있으니, 선택이 어렵다면 입맛에 맞을 만한 커피를 추천 받아도 좋겠다. 핫초코와 밀크티, 댕유자차도 준비되어 있으니 커피를 마시지 못하는 일행이 있더라도 걱정하지 말자.

원두 선별과 로스팅, 분쇄, 드립까지 모두 멀리 부산에서부터 커피를 업으로 삼아온 주인장 바리스타의 손길을 거쳐 이루어진다. 손님이 몰려도 한 잔,

한 잔 커피를 내리는 데 드는 시간과 정성
은 모두 같다. 그러니 주문한 커피가 나오
지 않더라도 재촉하지 말고 천천히 기다
리자. 바다와 숲, 곧게 뻗은 평대리의 시
간을 담은 커피를 마시려고 여기까지 왔
던 게 아니던가! 그러니 우리 한껏 기다리
자. 후회하지 않을, 잊지 못할 커피를 맛
보게 될 테니.

모래와 게와
밤이 있는 풍경

란코는 방금 나온 곳을 돌아다보며 고개를 흔들었다. 천으로 사방을 막아
놓은 노상점집. 점쟁이의 말은 맞는 게 없었다. 란코는 흐트러진 머리카락을.
쓸어 넘기며 시계를 보았다. 시간을 낭비했다고 생각하니 마음이 조급해졌
다. 약속 시간에 맞추려면 서둘러야 했다. 란코는 걸음을 옮기려다 멈춰 섰
다. 그제야 생각났다는 듯, 아이를 찾았다.

아이는 점집을 끼고 오른쪽으로 나 있는 골목에 앉아 있었다. 나뭇가지로
지렁이의 진로를 방해하는 장난에 골몰해 있었다. 란코는 아이를 부르려다
가 그대로 바라보았다. 아이는 골목이 좁아 보일 정도로 뚱뚱했다. 이목구비
는 살에 파묻혀 희미해 보였는데, 토핑을 빈약하게 올려놓은 '피자 도우' 같
아 보였다. 란코는 고개를 한쪽으로 기울이며 한숨을 내쉬었다.

란코가 부르자 아이는 쥐고 있던 나뭇가지를 바닥에 던지며 일어섰다. 아
이는 바닥에 팽개쳐두었던 목발을 주워 들고 란코를 향해 걸어왔다. 목발을
짚는다기보다는 바닥에 끌다시피 한 동작이었다. 란코가 이마에 맺힌 땀을

닦아주며 아직은 목발에 의지해서 걸어야 한다고 주의를 주자, 아이는 목발을 쥔 손에 힘을 주었다.

아이는 란코에게 떨어진 무거운 숙제이자, 골칫거리였다. 아이는 란코가 일하는 어린이집에 다녔는데, 일주일 전 아이의 아버지가 연락도 없이 아이를 찾아가지 않았다. 아이는 아버지와 둘이 살고 있었기 때문에 마땅히 연락할 곳도 없었다. 란코가 경찰에 신고해야겠다고 결심했을 때 아이의 아버지로부터 연락이 왔다. 그는 자신에게 약간의 문제가 생겼으며, 아이를 바로

데려갈 수 없는 상황에 처해 있다고 말했다. 그는 거의 울먹이는 목소리로 사정했다.

"제주도에 아이의 고모가 있습니다. 부탁인데 아이 고모에게 연락을 좀 해주세요."

그후에도 일은 쉽게 풀리지 않았다. 아이의 고모는 아이를 데리러 갈 수 없는 상황이라 했고, 지난한 과정 끝에 란코가 아이를 제주도에 데려다주기로 한 것이다. 란코는 자신의 오지랖 넓은 성격을 탓하면서도, 측은지심으로 아이와 함께 비행기에 올랐다.

아이의 고모는 어느 화가의 이름을 딴 거리에서 보자고 했지만 약속 시간이 훌쩍 지나도록 나타나지 않았다. 그동안 아이의 고모가 몇 번씩 약속 시간과 장소를 변경하기는 했어도 나오지 않을 거라고는 예상하지 못했다. 란코는 심난한 마음을 가누기 위해 심호흡을 하고 거리를 둘러보았다. 아이는 울지도, 웃지도 않고 심드렁한 표정으로 잠자코 있었다. 본능적으로 자신의 딱한 처지를 감지한 새끼 짐승처럼, 사뭇 애처로운 표정을 지어 보였다. 란코가 아이에게 여러 가지를 물어봤지만 아이는 모호하게 대답하거나 대답하지 않았다.

뾰족한 방법이 없군. 란코는 아이와 함께 무작정 걸었다. 한때 제주도에 살면서 게와 모래와 바다와 아이들을 많이 그린 화가의 거리. 평일이라 그런지 거리는 한산했다. 화가와 관련된 소품을 파는 상점들이 즐비했다. 아이는 바닥과 벽에 그려진 그림들을 보고 눈을 휘둥그레 떴다. 아이는 화가의 얼굴이 그려진 입간판을 손으로 만져보거나 물건을 사는 사람들의 모습을 입을 벌리고 구경했다. 란코는 걸으면서도 아이의 고모에게 연락해봤지만 통화할 수 없었다. 아이는 목발을 바닥에 끌면서도 잘 다녔다. 꼭대기에 입체 모형이 달린 가로등을 일일이 짚어보기도 하고, 상점 앞에 전시해놓은 피노키오의 무릎을 건드려 보기도 했다. 사람들은 가다 서다를 반복하며 평화롭게 거리를 구경하고 있었다. 란코는 화가의 거리에서 자신과 아이만이 안개처럼 겉돈다고 생각했다. 한쪽에서 기념품을 만들거나 살 수 있는 장터가 열렸고, 란코는 아이에게 열쇠고리와 아이스크림을 사주었다.

"그렇지만 오늘도 생각나지 않아요."

고모와 아버지에 대해 반복해서 묻자, 아이는 한 발짝 뒤로 물러서며 대답했다. '오늘도'라는 단어가 란코의 신경을 교묘하게 긁었다. 아이는 언제나 말을 시작하기 전에 '그렇지만'이라고 토를 다는 버릇이 있었다. 그렇지만 바다와 강의 차이는 뭐예요, 그렇지만 제주도에만 사는 곤충이 있어요? 그렇지만 다리가 아파요. 이런 식이다. 누가 아이로 하여금 말을 시작하기도 전에 이야기를 부정하거나 반박하는 접속어를 사용하게 만들었을까? 어쩌면 아이는 인생에 대해 무언가 부당하다고 생각하는지도 모른다.

화가가 살던 작은 방과 아궁이가 놓인 자리를 들여다보고, 그가 걸었던 산책로까지 따라 걸으니 마음이 다소 차분해졌다. 란코는 편하게 생각하기로 마음먹었다. 좀더 기다려보면 아이의 고모에게서 연락이 올지도 모른다.

아이는 〈길 떠나는 가족〉을 모티브로 만들어 놓은 모형물을 바라보고 있었다. 아이는 달구지와 그 위에 탄 사람들을 꼼꼼히 바라보더니 황소의 눈에 손가락을 대고 무언가를 느끼듯 가만히 있었다. 아이의 손가락이 소의 눈 위에서 꼼지락거리는 풍경을 바라보며 란코는 늘어지게 하품을 했다. 며칠 동안의 피로가 한꺼번에 몰려왔다. 당장에라도 아무 데나 누워 쉬고 싶었다.

란코는 자리에 쪼그리고 앉았다. 무릎에 옆얼굴을 올려놓고 아이를 바라보았다. 화가가 사랑했던 가족과 황소와 기어가는 게와 함께 아이가 있었다. 문득 이 모형물 곁에서 아이가 그대로 굳어갈 수도 있겠다고, 그러면 좋겠다고 생각했다. 아이는 길 떠나는 가족들 틈에 껴서 어디론가 떠날지도 모른다. 란코는 그들에게 아이를 맡기고, 가벼운 마음으로 사라질 수 있을지 모른다고, 그러면 좋겠다고 생각했다. 순간 아이가 란코의 생각을 읽은 듯 이쪽을 바라보았다. 란코는 땀방울이 관자놀이를 타고 턱 아래로 떨어지는 속도를 서늘하게, 느꼈다.

화가의 거리와 멀지 않은 곳에 바다가 있었다. 란코는 아이와 함께 벤치에 앉았다. 지난 일주일 동안의 혼란스러웠던 마음을 바다에 내려놓고 가벼워지고 싶었다. 어깨와 목이 뻐근했다. 바다는 파도 없이 잔잔했다. 먼 바다 어디쯤에서 죽은 화가와 그의 가족들이 항해하고 있을 것 같았다. 목이 굵고, 눈이 정직한 화가는 어둠과 불행이 그의 삶을 다 갉아먹기 전까지, 이곳에서 잠시라도 행복했을 것이다. 모래와 게와 밤을 사랑하기까지 따뜻한 남쪽, 제주가 그의 가난을 토닥여주었을 것이다.

아이는 란코의 무릎을 베고 잠들었다. 들고 나는 숨에 아이의 몸통이 들썩였다. 란코는 어쩌면 풍선처럼 부푼 것은 아이의 몸이 아니라 아이의 슬픔일지도 모른다고 생각했다.

벤치 위.
란코와 아이는 시간이 멈춘 배에 탄 승객 같았다.
란코는 아이의 울퉁불퉁한 이마와 낮은 코, 넓은 뺨을 바라보았다.

순간 보이지 않는 손길이 아이의 몸 위에 그림을 그리는 것 같았다. 고개를 들어 위를 보니 나뭇잎이 바람에 흔들리고 있었다. 나뭇잎 사이로 통과된 빛이 아이의 얼굴 위에 떨어졌다. 마치 수많은 아이들이 손(나뭇잎)을 활짝 펴, 빛을 가려주려는 것처럼 보였다. 란코는 흔들리는 나뭇잎과 무릎을 베고 잠든 아이와 바다 앞에서 잠시 편안함을 느꼈다.

나뭇잎은 위, 아래, 양옆으로 흔들리며, 손가락 사이로 할 수 없이 빠져나간 빛만을 통과시켰고, 빛은 아이의 얼굴에 일렁임을 만들었다. 란코는 아이의 목덜미와 팔꿈치, 손목 둘레를 휘젓고 다니는 빛을 바라보았다. 아이의 깍지 낀 손가락 사이사이에도, 떨어뜨린 목발 손잡이에도 빛이 고였다.

누군가 이 순간을 그리면 좋겠다고, 란코는 생각했다.

글 박연준 일러스트 이윤희

제주에서 대문이 없다는 것

　제주의 집은 대문이 없다. 아니, 있는 것도 아니고 없는 것도 아니고 어중간하다. 검은색 현무암 돌담 사이로 뻥 뚫린 곳이 대문이라 생각하면 되는데, 그나마 예전에는 통나무 세 개를 걸쳐놓고 집주인의 거취를 설명하는 수신호를 알려줬다지만 이제는 그것마저 보기 힘들어졌다. 통나무가 하나만 걸쳐져 있으면 주인이 잠깐 외출한 것, 두 개 걸쳐져 있으면 조금 긴 시간을 외출한 것, 세 개가 다 걸쳐져 있으면 종일 출타중이라는 신호로 삼았다. 아무리 도둑 없는 제주라지만 이런 시스템은 현대에 와서 원정 도둑을 부르게 마련이다. 정낭만 봐도 집주인이 없는 걸 알 수 있으니 얼마나 간단한가. 이 통나무를 정낭, 걸쳐놓는 돌을 정주석이라 부르는데, 나무를 걸쳐놓았던 정주석조차 대부분 도둑맞아 육지로 팔려가 부잣집 마당 정원석으로 쓰이고 있다고 한다.

　그래서 대문 역할을 하던 정낭은 사라지고 지금은 대부분 돌담만 남았다. 간혹 대문이 있는 집이 보이기도 하는데 십중팔구 주인이 육지 사람이거나,

문은 사람 키 높이인데 담은 강아지가 뛰어넘을 높이라거나, 문이 항상 열려 있다거나, 뭐 그렇다.

우리 집 '오렌지 다이어리'도 처음에 이사 올 때부터 대문이 없었다. 딱히 불편하지는 않았지만, 강아지 까뮈가 도로로 나가는 것을 막기 위해 대문을 만들어 달았다. 강아지 통행만 막기 위해서 돌담보다도 낮게. 그래서인지 게스트들은 문을 '열고' 다니기보다는 '넘어' 다닌다. 그렇게 앞마당엔 나지막한 대문이 생겼지만 뒷마당은 여전히 제주 스타일로 돌담만 있고 문이 없다.

대문이 없다고 무시로 이웃들이 들어오는 열린 사회냐, 그렇지도 않다. 제주의 집들은 안거리 밖거리가 나뉘어 있는데 보통 안거리에는 부모가 살고, 장성한 아들이 장가를 갈 때면 마당 안에 밖거리를 지어서 같이 살았다. 마당을 공유하며 2대가 같이 살더라도 정말 마당만 공유하지 농사도 따로 짓고 식사도 따로 한다. 이렇게 가족 간에도 내외 구분이 확실한 제주 사람들은 정말로 필요한 경우가 아니라면 남의 집 공간에 잘 들어가지 않는다.

그럼 그 '필요할 때'는 언제일까? 농작물 수확철이 되어 마늘이며 고추며 오이를 나눠줄 때 들어온다. 그리고 딱, 자신의 볼일만 마치고 돌아간다. 외출했다가 돌아오면 마당에 마늘이 한 무더기 쌓여 있는 걸 발견하곤 한다. 그렇게 받은 게 마늘, 오이, 한라봉, 감귤, 땔감용 나무…… 그걸 주신 분들이 누구인지는 아직도 모른다. 제주에서 살다보면 대문의 존재 이유 역시 모르게 된다.

제주 분들은 집 문도 잠그지 않고 다니며, 남의 집도 그러리라 생각한다. 한번은 집에서 낮잠을 자고 있는데 뒷문이 휙 열리더니 누군가 오이 너댓 개

를 던져넣는 게 아닌가. 서둘러 옷을 갈아입고 나가봤지만 고마우신 오이 할 망은 이미 사라지고 없었다. 택배 기사는 거의 대부분 집에 사람이 있든 없 든 문을 열고 택배 상자를 두고 간다. 늘 열고 다니는 문이 잠겨 있으면 끝끝 내 보일러실이라든지 열려 있는 문을 찾아내서 놓고 간다. 제주 이주 초창기 에 집 문을 꽁꽁 잠그고 나갔더니 창문을 열고 택배 상자를 넣고 간 적도 있 었다. 창문이라니, 이건 잠글 생각도 못했는데!

문을 열어놓고 다니는 제주 스타일의 일화 중 가장 흥미진진했던 것은 얼 마 전 고산 이웃인 아람씨가 겪은 '가전 배달' 일화였다. 세탁기가 고장이 나 서 새로 주문을 했는데, 며칠 후 하필 외출한 사이에 세탁기가 도착한 것이 다. 이 집도 대문이 없는데 집 문이 잠겨 있자(아람씨 역시 제주 스타일에 덜 적응한 이주민이다.) 설치 기사들은 세탁기가 놓인 보일러실로 들어가기 위 해 텃밭을 가로질러, 사용하지도 않던 외부 화장실문으로 잠입해 세탁기를 무사히 설치하고 고장 났던 기존의 세탁기까지 수거하고 사라졌다. 아, 물론 이 진행 과정은 유추한 거다. 그 집에서 열린 문이라고는 외부 화장실문 하 나뿐이었으니까. 미스테리한 것은 그 문이 정말 좁았다는 것이다. 설마 지붕 을 뜯고 들어와 설치한 것은 아니었겠지? 세탁기를 분해해서 갖고 들어가 재 조립했을지도 모른다. 상상만으로 대단하다. 항상 문을 열고 다녀야 사회가 잘 돌아가는 세상, 이것이 바로 제주의 삶이다.

글 **강병한** **일러스트** 이윤희

나의 첫번째 숲

제주에 내려와 첫 봄을 맞이했을 때 저질렀던 실수 중 하나는, 자연에 도취되어 너무 쉽게 내 삶에 자연을 이식하려고 했던 것이었다. 2층 방 창밖으로 보이는 산등성이와 푸른 하늘이 손에 닿을 듯 가까워 보이고 출근길에 스치는 귤나무들의 행렬이 도시의 가로수처럼 익숙해진 탓에, 자연은 그저 인자할 것만 같았고 나는 자연의 생명력을 쉽게 생각했던 것 같다. 출근길의 그것들을 나도 가져보고 싶었다. 왠지 지금 내가 있는 이곳이 제주라면 더 잘해줄 수 있을 것 같았다.

봄이 오면서 퇴근길이 어두컴컴하지 않게 되었을 무렵, 집 근처 화원에서 화분을 하나 샀다. 귤나무는 집 안에 들일 수가 없어서 처음의 바람과는 달리 귤나무 대신 관엽 식물을 사야 했다. 손바닥만한 이 식물은 잘만 기르면 잎이 무성한 나무가 될 수도 있다고 했다. 가슴에 화분을 품고 콧노래를 부르며 집에 데려왔고, 화원 주인이 알려준 대로 3일에 한 번씩 물을 주며 애지중지 키우기 시작했다. 혹시나 물 주는 것을 잊어버릴까 처음에는 달력에

'물 준 날'을 기록하기도 했다.

볕이 좋은 나의 집에서 이 생명체는 하루가 다르게 자라기 시작했다. '자고 일어나니 한 뼘 더 자라 있었다'라는 말이 무슨 뜻인지 조금은 알 것 같았다. 내 엄지손가락 길이밖에 되지 않을 만큼 키가 작고, 가늘기만 했던 이 생명체의 줄기는 어느새 굵어지고 색깔도 갈색으로 바뀌기 시작했다. 처음 예상보다도 잘 자라는 걸 봐서는 금세 천장에 덩굴을 칠 수도 있을 것 같았다. 이러다가 거실을 숲으로 만들어버리면 어쩌나…… 하는 엉뚱한 걱정도 했다. 집에서 함께한 지 한두 달쯤 되었을 때 조금씩 어른이 되는 이 '나무'를 위해 옷을 갈아 입혀주기로 했다. 동네 텃밭에서 분갈이를 하면서는 '제주도에 산다'고 하면 흔히들 상상하는 '유기농에 가까운 삶'의 한 장면 속에 내가 있다는 생각을 했다. 매일매일이 보람과 설렘의 연속이었다. 자연과 함께

산다는 것은 태초의 인류가 그랬던 것처럼 사실 그리 어려운 일은 아닌 것 같다는 오만한 생각과 함께.

나무를 키우기 시작한 이후 처음으로 비가 내린다고 했던 날에는 왠지 그런 것도 마셔보게 하고 싶어서 비가 쏟아지는 베란다에 화분을 내놓기도 했다. 방바닥에 누워 구르는 것밖에 하지 못하던 아이가 처음 네 발로 기어 다닐 수 있게 된 것을 보는, 이윽고 몸을 일으켜 두 발로 조금씩 걷게 되는 것을 목격하는 엄마의 마음이 혹시 이와 비슷한 기분이 아닐까 하는 생각도 들었다. 오염되지 않은 제주의 비에 새삼스레 고맙기도 했다. 그때만 해도 이 식물에 쏟아붓는 나의 정성이 언제까지나 변함없을 줄 알았다.

나무는 하루가 다르게 자라는 만큼 나 또한 제주에서의 일상에 조금씩 익숙해져가고 있었지만, 가족이 살고 친구를 만날 수 있는 '서울'이 여전히 마음속 가까이 닿아 있었다. 때문에 그 당시엔 틈 날 때마다 특별한 용건 없이도 서울을 다녀오곤 했다. 그렇게 집을 비우면 사나흘, 길게는 닷새씩 제주 집을 비웠다. 그때마다 내가 키우는 나무는 물 주는 사람도 없는 텅 빈 집에서 홀로 우두커니 있어야만 했다. 혼자 남은 나무 걱정을 한가득 품고 며칠을 떠나 있다가 제주 집에 돌아와서 보면 나의 나무는 어김없이 이파리 몇 개를 떨구고, 잎 색깔이 노랗게 변하고 흙은 다 메마른 채로 나를 기다리고 있었다. 그럴 때마다 내가 해줄 수 있는 것이라고는 문을 열고 들어오자마자 가방을 후다닥 던져놓고 물을 주는 일이었다. '나 없는 동안 밥도 못 먹고 배고팠지?' 하는, 이제 와서는 아무런 도움도 되지 않는 위로를 건네면서.

이렇게 틈새가 벌어지는 시간이 한 달에 한 번은 꼭 있었고, 쑥쑥 자라던 나무의 엄청난 성장 속도 역시 어느새 조금씩 더뎌지기 시작했다. 지난여름 분갈이를 하면서 느꼈던, 왠지 쉽게 얻어질 것만 같았던, 제주에서 사는 사람이라면 누구나 쉽게 진입할 수 있을 법한 '유기농에 가까운 삶'은 나무가 힘을 잃어감과 동시에 멀어져가기 시작했다.

회사에서 멀지 않은 곳에 있는 사려니숲에도 가봤고, 집에서 15분 정도 차를 타면 도착하는 사라봉에도 가봤고, 봄이 되면 그렇게 풍성할 수가 없는 제주대 벚꽃나무 길도 몇 번이나 가봤다. 그러나 내가 처음으로 가질 수 있었던 제주에서의 조그만 숲을 제대로 돌보아주지 못했다는 아쉬움은 그 숲들의 드넓음보다도 더 커다랗게 남아 있다. 사실 이 나무가 힘을 잃고 메말라 버린 이유가 반드시 서울을 자주 드나들면서 물 주는 것에 소홀해진 것 때문은 아닐 수도 있다. 겨우내 날씨가 너무 추웠던 탓에 원래 자신이 태어났던 따뜻한 자연으로 돌아간 것일 수도 있다.

다만 안타까운 것은 내가 제주라는 곳에 적응하기 위하여 지난한 시간을 보내는 동안 이 나무는 제 스스로의 희생을 통해 내게 깨달음을 주었다는 사실이었다. 서울에 대한 그리움 없이 제주에 뿌리내릴 수 있도록, 이곳이야말로 내가 살아갈 터전이라고 이야기하는 것처럼 나를 붙잡아두려 했던 나의 첫번째 숲. 다음 봄에 함께할 나의 두번째 숲에게는 이 깨달음을 화분에 함께 뿌려주고 싶다.

글 김호도 **일러스트** 이윤희

제주, 여름

긴 장마가 지나고 두어 개의 태풍도 빗겨간 여름의 끝자락, 제주를 찾아갔다. 제주로 가는 여정을 딱히 휴가라 부르기에 민망하게도 나는 회사를 그만두고 두 달 가까이 쉬고 있던 참이었다. 궁극의 부지런함 끝에 꿀맛 같은 휴식을 누리는 것이 아니라 느리게 돌아가는 선풍기 날개처럼 무던하게 흘러가는 시간 중 며칠을 제주에서 보내기로 한 것이다. 어쩌면 일과 쉼의 경계가 사라져버린 늘어난 고무줄 같은 일상을 팽팽하게 당겨줄 설렘과 긴장을 제주에서 찾고 싶었는지도 모르겠다.

삼 면이 바다로 둘러싸이고 한 면은 건널 수 없는 이념의 장벽에 가로막힌 우리나라는 섬 아닌 섬, 반도라 일컬어진다. 어디든 이국으로 간다는 것은 배나 비행기를 타고 바다를 건너는 일을 동반한다. 영어식 표현 그대로 오버씨즈Overseas. 그래서일까, 제주로의 여행은 멀고 아득한 이국으로 가는 것과 비슷한 환상을 심어준다.

제주라는 섬을 이리도 가까이에 점 찍어둔 것은 신의 넓은 아량이 아닐 수 없다. 여권이 없어도 거리낌 없이 언제든 찾아들 수 있는 낙원이 곁에 있다는 것, 이 나라에 태어난 순간 이미 구원받은 것이나 다름없다. 제주를 생각하는 것만으로도 갑갑한 일상에 한줄기 시원한 바람이 불어 드는 것만 같다.

제주에 가기 전까지는 무엇을 보고 무엇을 먹을지 고심하며 짧은 일정에 효율적인 동선을 짜고 빈 틈 없는 계획을 가득 세웠었다. 하지만 제주에 발을 딛는 순간 그 모든 계획들이 뜨거운 태양 아래 부서지고 이내 시원한 바람결에 날아가버렸다. 먼저 공항에서 금세 닿을 수 있는 가까운 바닷가로 향했다. 일탈을 원하는 이들에게 바다란 가깝고도 낭만적인 도피처이다. 더이상 멀리 나아갈 순 없어서 안전하게 일상으로 돌아올 구실까지 되어주니 말이다. 제주의 바다에 발을 씻어내고 제주의 바람으로 머리를 헝클어뜨리고 제주의 공기를 폐부 깊숙이 들이마셨다. 마치 제주를 여행하기에 앞서 성스러운 의식을 치르듯 온몸에 제주의 것들이 스며들기를 바랐다.

해안도로를 달리고 올레길을 거니는 동안 나의 시선은 늘 섬이 아닌 바다를 향했다. 나의 지극한 시선에 바다가 닳아 없어지진 않을까 걱정이 들 정도로. 푸른 바다를 지척에 두고 시선을 거두기란 여간 어려운 일이 아니다. 한편으로는 섬에 와서 정작 섬은 쳐다보지도 않고 바다만 바라보고 있는 모습이 우습기도 했다. 제주에 온 지 사흘이 되어서야 겨우 바다를 등지고 섬의 품으로 파고들 수 있었다.

1112번 도로를 따라 산굼부리를 찾아가는 길. 표지판에 적힌 '사려니'라는 이름이 궁금해 잠시 차를 세웠다. 제주에 오기 전 세웠던 치밀한 여행 계획에는 이름조차 올리지 못했던 의외의 장소였다. '사려니'는 신성한 곳이라는 뜻을 품고 있다고 한다. 길 가던 여행자의 옷깃을 당기는 힘이 과연 신성하긴 한 것 같다.

폭신한 흙길에 입맞춤하듯 한 걸음 한 걸음 숲으로 들어갔다. 바다가 '보는 곳'이라면 숲은 '맡는 곳'이다. 바다는 봐도 봐도 여전히 그곳에 머물지만, 깊이 숨을 들이마시면 숲은 내 안으로 천천히 스며든다. 사려니숲에는 사람들의 시간이 아닌 나무들의 시간이 흐르고 있다. 한적한 여행지에 갈 때

면 입버릇처럼 시간이 느리게 흐르는 것 같다고 말하곤 했는데, 돌이켜보면 그것조차 얼마나 인간 중심적인 말이었던지. 오히려 숲과 나무에 비해 나의 시간이 지나치게 빠른 것이었으리라. 잠시 손목에 감긴 시간을 잊고 숲을 거닐다보면 숲은 또다른 시간의 결을 내어준다.

사려니숲길을 산책하고 다시 산굼부리로 향했다. 산굼부리에는 우리나라에 하나뿐이라는 마르Maar형 분화구가 있다. 높은 곳이라면 으레 있어야 할 봉우리가 없어 더 특별한 곳. 사람들은 모순적이게도 '없는' 것을 보기 위해 산굼부리를 찾는다. 야트막한 언덕에 올라서 굽어보면 가운데가 푹 꺼진 기이한 지형이 모습을 드러낸다. 언덕 위에 야트막하게 세워둔 울타리를 따라 착실하게 걷다보면 바람은 수고로운 이마에 맺힌 땀방울을 닦아준다. 볼 것도 없는 곳에 찾아오느라 수고했다며 냉수를 내어주는 할머니 같은 인심 좋은 바람이다.

텅 빈 곳에 가면 비로소 우리의 삶이 얼마나 숨 막히게 꽉 차 있었는지 깨닫게 된다. 잠시나마 시간에 여유를 가지면 지나온 시간들이 얼마나 팍팍했는지도 알게 된다. 제주를 찾는 이들이 꼭 준비해야 할 것이 있다면 그것은 마음과 시간의 여백일 것이다. 제주 곳곳에 붙어 있는 이름들을 찾아다니겠다고 빡빡한 계획을 세워 간다면 진짜 제주는 스쳐 지나가고 말 것이다. 텅 빈 시간과 가뿐한 마음이 아니라면 그대의 가슴에 제주의 바람이 스며들지 못할 것이다. 소란스러운 도시의 일상에 지친 마음들이 선선한 제주의 바람에 말끔하게 씻겨 돌아가길 바란다.

제주는 작은 섬이지만 느릿한 여행자에게는 넓디넓은 섬이기도 하다. 자동차로 한 바퀴 돈다면 반나절이면 충분하겠지만, 결과 결을 촘촘히 거닐자면 몇 달도 부족할 것 같아 사계절은 살아보고 싶은 건강한 욕심마저 드는 곳이다. 걸음이 느린 내가 이 섬을 온전히 알게 되기까지 꽤 오랜 시간이 걸리리라는 예감이 든다.

꿈속의 꿈속의 꿈을 이야기하던 어느 영화처럼, 여름에 찾은 제주는 쉼 속의 쉼 속의 쉼과도 같은 곳이었다. 현실로부터 한참이나 동떨어진 듯하지만

잠깐의 뒤척거림으로 금세 현실로 돌아갈 수 있는, 꿈처럼 먼 듯 가까운 곳,
제주.

글 예다은

강병한 오렌지 다이어리 게스트하우스 주인장. 잡지 기자, 출판사 편집장을 거쳐 제주에 정착한 시골 생활 초보자.

김민채 『더 서울』과 『내일로 비밀코스 여행』 『어느 날 문득, 오키나와』를 지었다. 국어국문학을 공부했고 편집자로 일하고 있다. 1989년 봄에 태어났다.

김호도 다음커뮤니케이션 서비스 기획자. 제주도에 적응하는 법을 느릿느릿 배우고 있는 평범한 사람.

박연준 시인. 2004년 중앙신인문학상으로 등단했다. 시집 『속눈썹이 지르는 비명』 『아버지는 나를 처제, 하고 불렀다』, 산문집 『소란』 『우리는 서로 조심하라고 말하며 걸었다』 등이 있다.

이수영 더 늦기 전에 서둘러 서울을 떠나, 제주 중산간 마을에서 좌충우돌 고군분투 3년째. 거의 24시간을 아내와 두 마리 강아지와 함께 살고 있다.

예다은 카카오 서비스 기획자. 여행 작가. 생활하듯 여행하고, 여행하듯 생활한다. 여행 산문집 『올라! 스페인』, 『첫 휴가, 동남아』를 썼다.

푸른 숲, 제주입니다

푸른 제주를 여행하는 당신을 위한 초록 안내서

초판 1쇄 인쇄 2016년 4월 15일
초판 1쇄 발행 2016년 4월 25일

엮은이 북노마드 편집부

펴낸이, 편집인 윤동희

기획위원 홍성범
디자인 한혜진
글 강병한 김민채 김현정 김호도 박연준 이수영 예다은
그림 김윤선 이윤희
사진 김민채 윤동희

펴낸곳 (주)북노마드
출판등록 2011년 12월 28일 제406-2011-000152호

주소 04003 서울시 마포구 월드컵로 12길 45(서교동 474-8) 2층
문의 010.4417.2905
전자우편 booknomadbooks@gmail.com
페이스북 /booknomad
트위터 @booknomadbooks
인스타그램 booknomadbooks

ISBN 979-11-86561-19-5 03810

www.booknomad.co.kr

북노마드